조금 이른
은퇴를 했습니다

조금 이른 은퇴를 했습니다

초판 1쇄 발행 2021년 12월 31일

지은이 민현
펴낸곳 크레파스북 펴낸이 장미옥
총괄책임 정미현 편집 노선아 디자인 김지우

출판등록 2017년 8월 23일 제2017-000292호
주소 서울시 마포구 성지길 25-11 오구빌딩 3층
전화 02-701-0633
팩스 02-717-2285
이메일 crepas_book@naver.com

인스타그램 www.instagram.com/crepas_book
페이스북 www.facebook.com/crepasbook
네이버포스트 post.naver.com/crepas_book

ISBN 979-11-89586-38-6(03810)
정가 15,000원

이 도서의 국립중앙도서관 출판예정도서목록은 서지정보유통지원시스템 홈페이지(http://seoji.nl.go.kr)와
국가자료종합목록 구축시스템(http://kolis-net.nl.go.kr)에서 이용하실 수 있습니다.

조금 이른

은퇴를

했습니다

글

민현

크레파스북

목 차

Prolog

위로와 격려는 내게 힘이 되지 않았다.
실패나 좌절과 같은 부정적인 상황에서 주로 건네지는
위로와 격려를 외면했다. 그것을 받아들이는 게 나의 부족함을
인정하는 것 같아서 싫었다. 결과만이 필요했다.
평가 시즌이 오면 전보다 나은 평가를 기대했다.
올해는 성과도 좀 있었고, 열심인 모습도 보였잖아.
내가 생각해도 작년보다 훨씬 나았어.

평가는 언제나 냉정했다.
평가는 내 기대와는 달리 작년의 나와 비교하지 않았다.
나의 비교 대상은 앞서 있던 동료들이었다.
그들을 앞설 수는 없었다. 평가의 온기가 나에게까지 오기엔
서 있는 자리가 너무 멀었다.
평가 결과를 볼 때마다 난 얼어붙었다. 희망을 품지 못했다.
나보다 연차가 높은 동료들처럼 확실한 내 것이 없었고,
어린 동료들처럼 변화에 민첩하지도 못했다.
위에서 짓눌러도 아무렇지 않다는 듯 어색한 웃음으로 넘겨야 했고,
아래에서 치고 올라와도 피할 수 없이 버티는 것 외에는 달리
할 수 있는 게 없었다. 그대로 도망치고 싶었다.

싸이의 〈아버지〉를 들을 때마다 떠오른 건 아버지가 아니라 나였다.
하루를 힘겹게 버텨내는 스스로가 짠했다.
난 어찌 이리 살고 있을까.

Part 01

나의 꿈은
가정주부가 되는 거야

이제는 내가 먼저 어차피 잡힐 손을
아내에게 내어준다.

,

나의 꿈은
가정주부가 되는 거야

마지막 출근을 했다. 연차가 남아있어서 실제 퇴직일은 아직 며칠이 남았지만 출근은 이걸로 끝이다. 20년 가까이 일을 했고, 그기간 동안 여러 회사를 옮겨 다니다가 마지막으로 정착한 이 회사에서 12년 넘게 있었다.

퇴사를 처리하는 담당자와 마지막 면담을 했다. 담당자는 별로 궁금할 것도 없는 질문 몇 가지를 했다. 형식적이긴 하지만 회사에 아쉬웠던 점을 말해 달라기에 희망퇴직 제도가 없는 게 가장 아쉬웠다고 얘기했다. 면담은 오래 걸리지 않았다.

팀별, 파트별, 프로젝트별로 나뉜 단톡방에 마지막 퇴사 인사를 했다. 아쉬워하는 사람들의 인사말을 뒤로하고 단톡방을 나왔다. 밤낮을 가리지 않고 울어 대던 장애 알림톡방도 탈출했다. 쓰던 장비와 사원증을 사내 데스크에 반납하고, 얼마 안 되는 남은 짐을 쇼핑백에 챙겼다. 회사 밖으로 나올 때까지도 퇴사를 한다는 느낌이 들지 않았다.

무료 주차권을 안 받았다는 걸 알고선 다시 회사로 돌아가면서 '사원증은 이미 반납했는데 출입문은 어떻게 열지' 하고 걱정했는데, 다행히 출입문이 열려 있었다. 주차권은 2시간까지만 무료였고, 이미 2시간을 넘겨서 추가로 2,500원을 내야 했다.

아직 퇴근 시간도 안 되었는데 집으로 가는 길에 차들이 많았다. '이 시간에 운전하는 사람들은 어떤 일을 하는 사람들일까' 했지만, 딱히 궁금한 건 아니었다. 라디오가 틀어져 있었고, 나른한 오후를 깨우려는 진행자가 한층 목소리의 흥을 높였지만 내용이 잘 들리지는 않았다. '마지막 퇴근길인데….' 하는 생각을 하긴 했지만, 실감이 나지는 않았다.

핸드폰에 부재중 알림이 있어서 보니 엄마였다. 며칠 전에 마지막 출근일을 말씀드렸었다. 그걸 기억하시고 전화를 하셨나 했는데, 무릎 안마기가 전원을 켜도 작동을 안 한다고 하신다. 충전한 배터리가 다 된 건가. 전기 값 별로 안 나오니 쓰지 않을 때는 꼭 충전기에 꽂아두라 말씀드리고 끊었다. 회사에서 짐 싸고 나와서 집에 가는 중이라는 얘기는 굳이 하지 않았다.

퇴근을 하고 왔는데도 아직 창밖이 밝았다. 좀 낯설긴 했지만 그냥 그런가 보다 했다. 아내에게 연락해 오늘도 야근이냐고 물었다. 요즘 아내는 일이 많아서 매일 밤 11시가 다 되어서야 간신히 집에 왔는데, 축배를 들어야 하는 날이니 오늘은 일찍 퇴근하도록 노력하겠다고 했다.

저녁을 먹기에는 좀 일렀지만, 라면을 끓였다. 냉동실에 얼려두었던 밥도 전자레인지에 해동해 남은 국물에 말아서 해치웠다. 마침 친구에게 연락이 왔다. 오늘 제법 큰 수술을 치른다고 했었는데 무사히 잘 마쳤다고 한다. 목소리가 밝게 들려서 다행이라고 생각했다. 마지막 출근을 마치고 집에 있다고 했더니 부러운 녀석이란다. 어느 정도 회복되어 면회가 가능해지면 병문안을 가겠다고 말했다. 퇴직금 받은 거로 고기를 사 달라는데, 수술만 아니었어도 '백수인 내가 왜. 돈 버는 네가 사' 했겠지만 그냥 그러겠다고 했다.

통화를 마친 핸드폰을 그냥 내려놓지 않고 습관처럼 카톡 메시지를 확인했다. 각종 업무용 단톡방 중에서 급하게 처리할 내용이 오가는 단톡방 알람은 살려두었었고, 미뤄 두었다가 처리해도 되는 단톡방 알람은 잠재웠다. 핸드폰을 열 때마다 알람이 울리지 않은 채 쌓인 메시지가 보였었다. 수시로 핸드폰을 열어 쌓여 있는 카톡 메시지를 확인하는 게 습관이 됐었다. 집에 와서도 몇 번이나 핸드폰을 열었는데 읽지 않은 채로 쌓인 메시지가 없었다. 잠잠한 핸드폰이 어색했다.

마지막 출근일 이후로 목요일과 금요일은 부처님 오신 날, 근로자의 날이었다. 이어지는 주말까지 4일의 연휴 동안 아내와 함께 보냈다. 하루는 처가 식구들과 저녁 식사를 했고, 하루는 아내와 집에서 한 시간 정도 떨어져 있는 산을 찾았다. 주말은 평소와 다르지 않았다. 퇴사 후 출근을 하지 않는 첫 번째 날인 오늘은, 아내가 건강 검진이 있어서 휴가를 냈다.

"아직 퇴사 기분이 안 나. 그냥 긴 주말을 보내고 있는 것 같아."

라고 했더니 아내가 평소 주말과 다른 점을 찾아냈다.

"카톡이 조용하잖아."

아내가 출근 준비를 하는 동안 나는 아침밥을 차려주겠다고 했다. 간단한 토스트나 샐러드가 아닌, 매일 바뀌는 따뜻한 국과 반찬에 갓 지은 밥으로 준비하겠다고 했다. 돈 버는 가장을 위해서 매일 정성껏 준비한 아침밥을 내어주겠다고 했는데 아내는 그리 기대하는 눈치가 아니다. 출근하기에 바쁜 아내가 그 귀한 아침 시간을 나에게 내어주지 않을 수도 있다. 어차피 직장 생활 내내 둘 다 아침밥을 먹은 적이 없긴 하다.

집에서 혼자 보낼 날이 그리 길지는 않다. 아내는 두 달 후 회사에 퇴사 통보를 하겠다고 했다. 계획대로 진행이 된다면 가정주부로 보낼 시간이 두어 달 정도 된다. 회사에 퇴사를 하겠다고 말한 이후로 퇴사 과정은, 섭섭할 정도로 빠르고 순조롭게 진행이 되었다. 나와는 다르게 아내는 회사에서 능력을 인정받고 있어서 쉽게 놓아주지 않을지도 모른다. 그렇게 된다면 가정주부의 시간은 조금 더 길어질 수도 있다.

"나의 꿈은 가정주부가 되는 거야."

연애할 때 농담처럼 얘기하곤 했다.

"나는 일하는 게 버거운데 넌 재밌어하잖아. 그러니까 네가 가장이 되고 난 내조를 하는 거지."

아내는 이런 대화를 재밌어했다. 어릴 때 하던 역할 바꾸기 놀이처럼 생각했을지도 모른다. 살아오면서 하기 싫어도 해야 하는 일들은 많았다. 회사는 싫더라도 다녀야 하는 곳이었다. 꿈이 가정주부라고 말했던 건, 하기 싫은 걸 더 이상 하지 않았으면 좋겠다는 의미였다.

마지막 출근일은 수요일이었고, 꿈이 이루어졌다.

함께 보내는 시간이
즐거워

아내는 내가 서른네 살일 때 처음 만났다. 새로운 회사로 이직하고 얼마간 적응 기간을 거친 후 첫 프로젝트에 투입되었는데, 아내가 그 프로젝트의 일원이었다. 아내는 나보다 여섯 살이 어렸다. 어린 나이에도 회사에서 이미 일 잘하는 똑똑한 사람이라는 평을 듣고 있었다. 사람들과 잘 어울리지 못하는 나에 비해 아내는 함께 일하는 누구와도 좋은 관계를 만들어 냈다.

프로젝트는 완료일이 정해져 있었고 촉박했다. 일정을 맞추기 위해 야근이 이어졌다. 완료일이 다가올수록 하루 중에서 팀원들과 함께 보내야 하는 시간은 점점 길어졌다. 함께하는 시간이 길어지면서 팀원들과도 친해졌다.

그 당시 나는 결혼하지 않고 혼자 사는 것에 대한 고민을 조금씩 하고 있었다. 서른네 살이 되기까지 경험한 몇 번의 연애는, 내가 가족을 이루고 가장의 위치에서 살기에 적합하지 않은 사람이라는 생각만 굳어지게 했다. 연애는 더 이상 하지 않을 거라고 되뇌었고, 혼자 사는 삶은 어떨까에 대해 생각하는 시간이 많아졌다. 혼자 사는 삶은 제법 괜찮아 보였다. 어차피 사람들과 어울리는 걸 힘들어했고, 혼자 있는 시간이 편안했으며, 여행도 곧잘 혼자 다니곤 했다. 하지만 결혼하지 않고 혼자 사는 것도 괜찮다고 결론 내리기를 방해하는 중요한 한 가지 요소가 있었다.

'50대 이후에도 괜찮을 것인가.'

프로젝트가 진행되는 기간에 몇 번의 회식 자리가 있었다. 대부분의 대화는 업무와 관련된 이야기였지만, 간혹 사적인 이야기들도 오고 갔다. 나의 이런 고민도 자연스럽게 대화의 주제가 되곤 했다.

"싱글타운을 만들어서 함께 사는 건 어때요? 결혼은 미친 짓이라고 하잖아요. 혼자 살다가 나이 들어서 외로워지면 싱글타운에 모여서 사는 거죠."

"지금 하루 종일 보는 것도 지긋지긋한데, 나중에 실버타운에서까지 우리 만나야 하는 거예요?"

"아니, 실버타운이 아니라 싱글타운요! 결혼한 사람은 안 받을 거예요."

팀원들은 내 고민을 진지하게 받아들이지 않았다.

아내는 나의 말을 잘 들어주는 사람이었다. 늘 친절했고, 잘 웃었다. 업무와 관련된 내용이 대부분인 대화를 해도 즐거웠다. 다른 팀원들보다 아내와 점점 더 친해졌고 업무와 상관없는 대화도 조금씩 하게 됐다. 비슷한 성향이 둘 사이를 더 가까워지게 했다. 재미있게 읽었던 책은 이미 아내도 읽었고, 내가 좋아하던 노래를 아내가 먼저 흥얼거리기도 했다. 둘 다 막내로 자라면서 느꼈던 막내의 설움만으로도 몇십 분씩 대화가 가능했다.

문제가 많든 적든 간에 프로젝트는 결국 완료된다. 함께했던 팀원들은 새로운 프로젝트로 흩어졌다. 아내도, 나도 각각 다른 프로젝트를 담당하게 되었다. 더 이상 함께 일하는 팀원이 아닌데도 서로 얘기하는 시간은 더 많아졌다. 회사 밖에서 따로 만나는 시간도 늘었다. 회사가 아닌 곳에서 만난다고 하더라도 직장 동료일 뿐이었다. 썸을 타는 사이나 연인 사이에서는 굳이 하지 않을 구구절절한 서로의 과거 연애 이야기를 했고, 자신을 보기 좋게 포장하지 않고 서로 본연의 모습으로 대했다. 직장 동료일 뿐이었으므로 헤어질 때 집까지 데려다줄 필요도 없었다. 썸도 아니고 연인도 아닌데 만날 때마다 늘 같은 감정이 느껴졌다.

'함께 보내는 시간이 즐거워.'

시간이 지나도 업무는
익숙해지지 않았다

대학을 졸업하고 첫 직장에 들어간 이후로 5년 정도까지는 회사 생활이 좋았다. 새롭게 배우는 일은 재밌었고, 프로젝트가 끝날 때마다 성취감도 느꼈다. 간혹 '일 배우는 속도가 빨라.' '꼼꼼하게 일 잘하네.' 하는 칭찬을 들으면, 야근하느라 회사에 바친 시간도 전혀 아깝지가 않았다. 일을 할수록 평가는 점점 좋아졌고 자신감은 쌓여갔다. 매월 꼬박꼬박 들어오는 월급은 원 없이 써도 항상 남았다.

7년 차 정도 되었을 때 이직을 했다. 이전까지 다녔던 회사와는 비교도 안 될 만큼 큰 규모의 회사였다. 이전까지는 내가 어떤 회사에 다니는지 주변 사람들에게 얘기하면 항상 비슷한 질문이 이어졌다.

"거긴 뭐 하는 데야?"

새 회사는 그 질문에 답을 할 필요가 없었다. 애초에 그 질문을 하는 사람도 없었다. 새 회사는 이름만 대면 모두가 아는 회사였다. 새로운 회사에서 맡게 된 업무는 이전까지 내가 하던 업무와 달랐다. 잘해 왔던 분야가 아닌 새로운 분야였다. 팀장은 이쪽 분야가 전망도 좋고, 평생 일할 거리를 줄 거라며 자신 있게 말했다. 7년 차 경력자로 입사했는데 다시 신입사원이 된 것 같았다. 하지만 크게 걱정하지는 않았다. 늘 잘해 왔고, 그래서 회사는 나를 뽑았으니 조금만 노력하면 새로운 업무도 금방 적응할 수 있을 거라고 생각했다. 낮에는 일하고 밤에는 공부하는 시간이 이어졌다. 일 인분의 몫은 해야 했다. 프로젝트의 발목을 잡는 사람이 되고 싶지 않았다.

　첫해의 평가는 좋지 못했다. 만들어 놓은 결과가 부족했다. 따라잡으려는 노력이 팀장의 눈에 띄어 부족했던 결과를 어느 정도 무마했고, 그 때문인지 최악의 평가는 비껴갔다. 첫해는 적응을 위한 시간이었다며 스스로를 위로했다. 오래 지나지 않아 한발 앞서 있는 동료들을 따라잡을 거라 생각했다. 하지만 동료들과의 격차는 시간이 지날수록 벌어졌다. 따라잡았다 싶어 돌아보면 동료들은 두어 발 앞에 있었다.

위로와 격려는 내게 힘이 되지 않았다. 실패나 좌절과 같은 부정적인 상황에서 주로 건네지는 위로와 격려를 외면했다. 그것을 받아들이는 게 나의 부족함을 인정하는 것 같아서 싫었다. 결과만이 필요했다. 평가 시즌이 오면 전보다 나은 평가를 기대했다.

'올해는 성과도 좀 있었고, 열심인 모습도 보였잖아. 내가 생각해도 작년보다 훨씬 나았어.'

평가는 언제나 냉정했다. 평가는 내 기대와는 달리 작년의 나와 비교하지 않았다. 나의 비교 대상은 앞서 있던 동료들이었다. 그들을 앞설 수는 없었다. 평가의 온기가 나에게까지 오기엔 서 있는 자리가 너무 멀었다. 평가 결과를 볼 때마다 난 얼어붙었다.

오래 걸리지 않을 거라 생각했지만, 시간이 지나고 지나도 업무는 익숙해지지 않았다. 노력한 만큼 내 것이 되지 않았다. 앞서 있는 동료들과의 간격을 좁히기는커녕 더 벌어지지 않게 유지하는 것만으로도 숨이 찼다. 긴 시간 동안 나의 노력이 부족했다고 반성했고, 능력이 따라주지 못함을 자책했다. 아침이면 출근하기가 두려웠고, 업무 시간 내내 퇴근만 기다렸다. 하루하루를 보내기가 버거워지면서 점차 지쳐갔고, 일에 흥미를 잃었다.

입사한 지 5년 정도가 지나고 나서야 이직한 회사의 업무가 나와 맞지 않았을 수도 있겠다고 생각했다. 밑 빠진 독에 노력을 쏟아부어봤자 채워질 리 없다는 생각이 들었다. 안 되는 걸 계속 붙들고 있어 봤자 스트레스만 받을 뿐이었다. 그때부터 퇴사라는 선택지가 보이기 시작했다. 한 번 보이기 시작하니 하루에도 몇 번씩 퇴사라는 단어가 떠올랐다. 당장이라도 그만두고 싶었다. 하지만 회사 말고는 돈 버는 방법을 몰랐고, 살아가려면 돈이 필요했다.

결국, 퇴사를 하기 위해서는 돈을 벌 다른 방법을 찾아내야 했다.

따라와요.
기다리고 있을게요

감정 표현이 풍부한 아내에 비해 난 내색을 잘 안 하는 편이다. 듣기 좋은 말을 자주 하는 것도 아니고, 표정 변화도 그리 많지 않다. 결혼하고 1년쯤 지났을 때 아내가 말했다.

"이제 좀 표정을 알겠어. 당신은 기분이 좋으면 입꼬리가 살짝 흔들려."

내가 그랬던가. 함께하는 시간이 많아지니 없는 표정에서도 감정을 읽어낸다.

"따라와요. 기다리고 있을게요."

아내는 이 말을 듣고 심쿵했다고 한다. 그렇게 낭만적으로 들렸단다. 심지어 나중에 인생을 같이 살 때 자신이 조금 뒤처지게 되더라도 재촉하지 않고 천천히 기다려 줄 것 같았단다. 나를 바라보는 눈이 이때 이후로 달라졌다고 한다.

친하긴 하지만 아직 이도 저도 아닌 직장 동료일 뿐이었을 때, 간혹 밤에 메신저로 대화를 할 때가 있었다. 그날은 서로 어릴 때 좋아했던 노래에 관해 얘기했었다. 누군가가 노래 하나를 말하면 각자 멜론에서 노래를 찾아 동시에 재생시켰는데, 그렇게 하면 떨어져 있지만 같은 곳에서 함께 음악을 듣는 기분이 났다. 그러기 위해서는 메신저로 시간 체크가 필요했다.

"지금 10초예요."

"저도 막 10초 지났어요.'

내가 좋아했던 최성원의 〈제주도의 푸른 밤〉을 들을 때였다. 함께 노래를 재생시키고 시간 체크를 해 보니, 내가 3초 정도 앞서 나갔다. 같은 시간으로 듣기 위해서는 서로의 시간을 맞출 필요가 있었다. 그때 한 말이 '따라와요. 기다리고 있을게요'였고, 아내는 지금까지도 이날 얘기를 하면 표정이 밝아진다.

사실 저 말은 아내의 감정선을 건드리기 위해 한 말이 아니었다. 내게 그 3초의 차이는 맞지 않는 오류이자 장애 상황이었다. 데이터의 싱크를 맞추는 일은 중요했다. 오류를 발견했으니 수정해서 정상으로 돌려야 했다.

'싱크를 맞추어야 하니 제가 3초간 정지하고 있겠습니다.'

이런 뜻의 말이 아내가 가장 좋아하는 말이 될 줄은 몰랐다. 문과생의 감성을 이과생이 이해하는 건 쉬운 일이 아니다.

입꼬리만으로 표정을 읽어내고, 듣기 좋은 말이 없으면 스스로 찾아낸다. 아내에게 부족한 샘플에서도 의미 있는 데이터를 뽑아내는 능력이 있어서 다행이다.

식당을 차리겠다는
꿈을 접었다

회사를 그만두고 나서 식당을 차리면 좋을 것 같았다. 연애 시절에 아내는 주말만 되면 내가 혼자 살던 집에 놀러 오곤 했다. 놀다가 밥때가 되면 대부분은 밖에서 사 먹었지만, 가끔 내가 요리를 하기도 했다. 부족한 실력으로 내놓은 음식이었는데 아내는 맛있게 잘 먹었다. 매번 잘 먹으니 신이 났다. 요리하는 횟수가 빈번해졌고, 할 때마다 맛있다는 칭찬을 기대했다. 먹는 것만 봐도 배부르다는 말이 이해됐다. 요리가 재밌어졌다.

성공해서 부자가 되고 싶은 마음은 없으니 작은 식당이면 될 것 같았다. 테이블은 3개 정도만 놓고 메뉴는 하나만 정해 내놓으면 그리 버겁지 않게 운영할 수 있을 듯했다. 하나의 메뉴만으로 승부를 볼 거니 그 메뉴에 경쟁력이 있어야 했다. 그러기 위해 요리 유학을 떠올렸다.

라멘이라면 일본에서, 에그타르트라면 포르투갈에서, 크로켓이라면 프랑스에서 1년에서 2년 정도 배워오면 경쟁력 있는 메뉴가 될 것 같았다.

퇴사 이후 유일한 밥벌이가 될 직업이니 신중해야 했다. 식당 운영에 노하우가 없다는 점이 내심 불안했다. 다른 식당에서 아르바이트를 해 보는 거로는 부족해 보였다. 그때부터 프랜차이즈 식당을 알아보기 시작했다. 내 돈 내고 노예가 되는 거다. 어떨 때는 아르바이트생보다 적게 번다는 얘기도 보였지만, 어차피 배우는 것이 목적이어서 상관없었다. 적은 자본으로 시작할 수 있고, 최소한 망할 거 같지 않았던 죠스떡볶이가 괜찮아 보였다.

'죠스떡볶이를 3년 운영하고, 2년 유학을 다녀온 이후 내 식당을 연다!'

마음이 편해졌다. 스스로 인생을 계획할 줄 아는 어른 같았다. 전체적인 뼈대는 잡았으니 살만 붙여나가면 성공할 것 같았다. 적어도 실패하지는 않을 것 같았다.

맥주 안주로 자주 사던 슬라이스 치즈가 있었다. '맛있는 치즈'라는 이름이었다. 배부를 때 먹기 좋았고 물리지도 않았다. 입에 넣으면 자연스럽게 녹을 정도로 부드러웠다. 매번 마트에 갈 때마다 꼭 하나씩 카트에 담았는데, 어느 날부터인가 그 치즈가 보이지 않았다. 처음엔 인기가 좋아 다 팔려나간 거라고 짐작했다. 다음에 사야지 했는데 다음번 장 보러 갔을 때도 그 치즈는 보이지 않았다. 그 다음번에도 없었다. 단종된 것이다. 그때 문득 의문이 들었다.

'내가 대중적인 입맛이 아닌 건가!'

그런 일은 종종 있었다. 나초를 먹을 때 함께 먹던 '짜 먹는 체다치즈'가 있었다. 다른 체다치즈는 뜯으면 한 번에 다 먹어야 했는데, 이건 마요네즈 용기처럼 되어 있어 먹을 때 적당량만 덜 수 있었다. 물론 맛도 있었다. 이것도 단종됐다. 특정 브랜드의 샤오롱 만두와 즉석 곱창볶음도 사라졌다. 자주 가던 식당은 빈 테이블이 많았고, 어느 날 갑자기 폐업을 하는 경우도 있었다. 너무 매워서 가지 않는 떡볶이집은 인기가 좋았다.

맛에 대해서는 남들보다 잘 안다고 자부했었다. 나는 전라도 음식을 먹으면서 자랐고, 맛집 선정의 기준은 까다로웠다. 마트에서 무언가를 살 때도 신중했다. 경상도 음식을 먹으면서 자란 아내의 입맛을 한 수 아래로 여겼다. 아내는 그 맛있는 고등어구이를 비리다고 먹지 않았다. 게맛살이 맥주 안주인 취향을 얕봤다. 단종된 슬라이스 치즈는 내가 비주류의 입맛일 수 있다는 의심의 단초가 됐고, 그건 충격이었다. 비슷한 몇 번의 경험을 더 하고 난 후 깨달았다. 남들보다 맛을 잘 아는 게 아니라 그냥 별난 입맛일 뿐이었다.

내 입맛에 맞는 음식을 만들어 파는 건 위험했다. 식당을 차리겠다는 꿈을 접었다.

실컷 손을 잡을 수 있어서
좋았어

아내는 산책하는 걸 좋아한다. 함께 산책을 나서면 아내는 일단 손부터 잡는데, 산책하는 내내 잡은 손을 놓으려 하지 않는다. 무더운 여름날에 땀 때문에 잡은 손이 미끄덩거려도 개의치 않는다. 한 번은 땀도 식힐 겸 슬쩍 손가락만 잡는 거로 바꿨다. 그러자 아내는 잔뜩 서운한 표정을 짓고는 어릴 때 얘기를 했다.

"길 가다가 내가 무언가 잘못해서 엄마가 화나면 손가락 하나만 잡게 했어. 그럼 그게 서운해서 손 전체를 달라고 더 떼를 썼어."

나란히 갈 수 없는 좁은 길이 나와 앞뒤로 걷더라도 손은 잡고 있어야 한다.

사내 연애는 당연히 몰래 해야 하는 거로만 알았다. 회사 사람들에게 비밀로 하자는 서로의 약속도 없었으면서 연애 초기에는 둘 다 그게 당연한 것처럼 조심했다. 연애 중이라는 사실을 회사 동료들이 알게 되는 날이 우리 관계의 마지막 날이 되는 줄로만 알았다. 항상 잘 웃어주던 아내의 표정은 굳었고, 뭐든 잘 들어주던 나는 아내의 말을 끊었다. 회사에서 할 수 있는 가장 큰 애정 표현은 받는 사람조차 분간하기 어려웠던 희미한 눈웃음뿐이었다.

퇴근 후 데이트를 할 때도 조심스러웠다. 유명하다는 회사 근처 맛집은 피했다. 회사에서 얼마나 멀리 떨어져 있는지가 맛보다 중요했다. 함께 손을 잡는 건 일단 주위에 아무도 없는지 두리번거리고 나서야 할 수 있었다. 걷다가 저 멀리 누군가 오는 게 보이기라도 하면, 누가 먼저라 할 것도 없이 손을 뺐다. 보고 싶은 영화는 늘 마지막 회차를 예매했고, 극장의 불이 다 꺼지고 영화가 시작되어야 손을 잡았다. 우리 스스로 주위를 경계하는 초식동물이 되었다.

자연스레 주말만 되면 아는 사람이 없는 다른 도시로 여행을 떠났다. 다른 도시에서는 주위를 살필 필요가 없었다. 사람들로 붐비는 유명한 맛집을 가도 걱정이 없었다. 결혼 후 언젠가 그 당시 다녔던 도시들을 얘기한 적이 있다. 천안은 순대국밥이 맛있어서 좋았고, 청주는 시내 곳곳에 유적이 많아서 걷는 재미가 있어 좋았다. 아내는 그곳들이 좋았던 이유를 하나 더 보탰다.

"실컷 손을 잡고 있을 수 있어서 좋았어."

아내는 여전히 손에 집착한다. 여행 가는 차 안, 옆자리에서 잠깐 잠이 들 때도 잡은 손을 놓지 않는다. 분명 잠이 든 것 같은데 잡은 손의 힘이 빠지지 않는다. 집착의 시작이 화가 나면 손가락 하나만 허락하시던 엄마에 대한 서운함 때문인지, 맘 편히 손 잡기가 어려웠던 사내 연애 시절 때문인지 잘 모르겠다. 이유가 무엇이 됐건 이제는 내가 먼저 어차피 잡힐 손을 아내에게 내어준다.

주말에 집 앞 공원을 산책하다 보면 가끔 손을 꼭 잡고 가는 노부부가 보인다. 걸음이 조금 더 느릴 어느 한 분에게 맞춘 속도로 함께 산책을 즐기신다.

"우리도 나이가 들었을 때 저런 모습이면 좋겠다."

30년쯤 지나면 우리도 저런 모습으로 보일까. 일단 내가 할 수 있는 건 잡은 손을 놓지 않는 것이다.

아내와
함께하기 위해서는

아내를 만나기 이전에 했던 연애는 과정도 결과도 그리 좋지 않았다. 난 상대방이 힘들 때 기대어 쉴 수 있는 넓은 어깨를 가져야 했다. 남들은 무심코 지나치는 장점을 볼 수 있는 눈과 무엇이든 공감하면서 들어줄 수 있는 귀, 듣기 좋은 달콤한 말을 해 주는 입을 가져야 했다. 이상적인 연인 사이가 되기 위해서는 내 능력을 뛰어넘는 너무나도 많은 것들을 갖추어야 했다. 상대방이 나에게 그런 능력을 요구한 것도 아닌데, 그냥 스스로 그래야 한다고 생각했다. 나는 언제나 둘의 관계에서 든든한 울타리이고 싶었다.

이런 생각이 빚어낸 배려심과 이타심이 아낌없이 주는 나무처럼 아무런 대가를 바라지 않았다면 좋았을 텐데, 그러기엔 내 그릇이 너무 작았다. 대가를 바라는 행동은 채권자의 마음이 되어 언젠가 나에게 갚아 주기를 바랐다. 외상 장부에 일일이 기록하고, 매일 계산기를 두드리고 있었는지도 모른다. 둘 사이의 관계가 어긋나기 시작하는 건, 대가를 바라고 하는 행동들이 점차 쌓여 원금은커녕 이자도 못 받고 있다는 피해 의식이 들 때부터였다. 그렇게 삐걱대기 시작한 연애는 오래가지 못했다.

이번엔 늘 해 왔던 연애와는 달랐다. 아내는 대가를 바라는 행동을 할 때마다 바로 긍정적인 반응을 보였다. 어쩌면 나를 위한 것이었을지도 모를 일방적인 배려도 아내는 고마워했다. 별것 아닌 작은 친절에도 감동하고 좋아했다. 외상 장부에는 한 줄도 적을 게 없었다. 오히려 어떤 땐 내가 빚을 진 것 같았고, 내가 받은 만큼도 돌려주지 못하는 것에 미안함을 느꼈다. 이런저런 핑계로 빚을 갚는데 게을러도 아내는 독촉하지 않았다. 내 것과 아닌 것의 경계가 희미해져 갔다. 경계를 따지는 게 무의미하게 느껴졌다. 애초에 나 혼자 멋대로 그어놓은 선일 뿐이었다. 아내의 선은 둘을 감싸면서 바깥에 있었다.

당시에 하루에도 몇 번씩 퇴사를 생각하면서 물러진 정신은 작은 공격에도 쉽게 무너졌다. 한 번은, 지금은 잘 기억도 나지 않는 회사 동료의 서운한 말이 준 상처를 견뎌내기가 너무 힘들었던 적이 있었다.

"나 조금만 기댈게."

무슨 일이 있었는지 물어볼 법도 했는데, 아내는 아무것도 묻지 않았다. 단지 어깨를 내어주고 가볍게 등을 토닥거리기만 했다. 그 10분 남짓의 시간은 너무나 고요하고 평안했다.

아내와 내가 살아가는 곳은 시간이 각자 흐르는 다른 세상이었다. 당장이라도 퇴사를 할지, 아니면 최대한 버틸지, 퇴사를 한다면 언제 할지, 무엇으로 밥벌이를 할지, 주변은 나를 어떻게 바라볼지, 혹여 패배자라고 생각하지는 않을지, 부모님은 어떻게 설득할지, 어떤 계획을 보여드려야 나를 믿으실지…. 나의 세상은 이런 고민으로 가득 차 있었다. 고민의 실타래가 뒤엉켜 꼬이면 아내의 세상으로 도망쳤다. 아내와 함께 있으면 엉킨 실타래 따위는 금방 잊혔다.

아내가 살고 있는 세상으로 간다는 건 나에겐 여행 같은 것이었다. 아내와 같이 있는 순간만큼은 나를 둘러싼 고민으로부터 아주 멀리 떨어져 있는 것 같았다. 그곳에서는 무엇을 먹으면 맛있을지, 무얼 하며 놀면 재밌을지 정도의 고민만 하면 충분했다. 그런 고민들은 엉키거나 꼬일 만큼 복잡하지 않았다. 하지만 여행은 결국 내가 사는 곳으로 돌아와야 했다. 엉킨 실타래는 단지 잊고 있었을 뿐이지 없어진 건 아니었고, 스스로 풀어져 있지도 않았다. 어차피 하나하나 내가 풀어야 했다.

　직접적인 원인을 제거하지 않은 채 외면하고 도망 다니는 건 한계가 있었다. 회사에 있을 때는 회사를 그만두고 싶었고, 아내를 만날 때는 조금 더 버티고 싶었다. 나의 세상은 포기에 있었고, 아내의 세상은 버팀에 있었다. 둘의 거리는 좁혀지지 않았고, 그럴 성질의 것도 아니었다. 포기와 버팀 사이에서 방황하기 시작했다.

　연애는 서로를 공유해야 했다. 연애는 내 민낯을 남에게 보이기 싫어서 쌓았던 성벽의 잠긴 문을 이따금씩 두드렸다. 다른 사람들을, 심지어 부모님까지도 성안에 들여놓지 않는 건 수월했는데 아내를 방어하는 건 호락호락하지 않았다.

　"당신의 머릿속에는 뭐가 있어?"

　내가 좋아하는 음식이나 가보고 싶은 여행지를 묻는 것과는 달랐다. 이런 질문들의 답은 성 밖에 있었지만, 내 머릿속을 보여주려면 굳게 닫아놓았던 성안으로 아내를 들여야 했다.

　아내에게 퇴사 고민을 선뜻 말하기는 어려웠다. 퇴사 이후 내 계획에는 아내의 자리가 없었다. 번듯한 직장인이라는 배경 없이 아내에게 당당할 자신이 없었다. 아내와 함께하기 위해서는 무조건 버텨내야 했다. 버텨내지 못하고 포기한다는 건 회사뿐만 아니라 아내 역시 떠나보낸다는 걸 의미했다. 아내는 이따금씩 결혼 이후의 모습에 대해 얘기했지만, 난 그럴 때마다 은근슬쩍 말을 돌렸다. 아내는 둘의 미래를 바라보려 했지만, 난 현재만을 이야기했다.

　이전에는 없었던 갈등이 생겨나기 시작했다.

10년 후에도,
옆자리에 내가 있어?

연애 시절에 아내는 가리는 음식이 많았다. 음식의 맛보다는 보이는 모습에 영향을 많이 받았다. 치킨은 잘 먹으면서도 삼계탕은 다리를 꼬고 누워 있는 모습이 보기 안 좋다며 먹지 않았다. 잔 멸치는 숟가락으로 잔뜩 떠서 먹으면서도 이목구비가 뚜렷이 보이는 큰 멸치로 만든 볶음은 피했다. 당연히 온전한 모습 그대로 누워 있는 생선구이도 경계의 대상이었다. 그렇더라도 뼈를 발라내고 하얀 살점만 떼어서 밥 위에 올려주면 그 생선구이와는 다른 음식인 마냥 곧잘 먹곤 했다.

양대창은 20대 초반, 대학 시절에 선배가 사주어서 처음 먹어봤다. 세상에 이런 음식이 있나 싶었다. 처음 경험하는 신세계였다. 담백하면서도 고소한 맛이 소주와 딱 맞았다. 지금까지 이 맛을 몰랐던 게 괜히 억울했다. 주변의 모든 일이 술 마실 이유가 됐던 20대 초반의 시절에 술 마실 이유가 하나 더 늘었다.

'양대창이 먹고 싶으니까!'

하지만 양대창은 아르바이트로 용돈을 충당하는 대학생이 자주 먹기에는 너무 비쌌다. 한 번 먹으러 가려면 돈과 마음의 준비가 필요했다.

과외 아르바이트를 하고 그달 치 돈을 받았던 날, 비싼 양대창을 사주는 게 아깝지 않을 충분히 친한 친구와 먹으러 간 적이 있다. 식당에 들어서는 우리를 보고 사장님이 잠깐 멈칫하더니 말했다.

"여긴 그냥 곱창볶음집이 아닌데…."

신림동 곱창볶음집 같은 곳이 아닌데 너희 같은 어린 학생이 그 가격을 감당할 수 있겠냐는 눈빛이었다. TV 어느 프로에선가 양대창 맛집을 소개할 때, 아내에게 학생 때 겪은 일을 얘기해 줬더니 관심을 보였다.

"그게 그렇게 맛있어?"

내가 느꼈던 신세계를 아내에게도 체험시켜주고 싶었다.

"궁금하지? 가자. 먹으러."

낯선 생김새 때문에 처음엔 주저하는 듯하더니, 잘 익은 대창 한 점을 입에 넣어보고는 처음 내가 양대창을 맛보았을 때와 같은 표정을 지었다. 그날 이후, 양대창은 다른 어떤 것보다도 자주 찾는 안주가 되었다. 둘 다 돈을 벌고 씀씀이가 컸던 연애 시절, 양대창의 가격이 더 이상 무섭지 않았다.

양대창은 소주와 잘 어울렸고, 양대창을 먹은 날은 늘 취했다. 평상시 취하면 둘 다 웃음이 많아지고 톤이 좀 높아졌는데, 그날 아내는 내내 차분했다. 이야기에 잘 집중하지 못했던 것 같기도 했다. 혹시 몸이 좀 안 좋은 거냐고 물어보려는데, 아내가 먼저 말했다.

"당신이 생각하는 10년 후에도, 옆자리에 내가 있어?"

건조하고 차분하게 말했지만, 이미 눈가엔 눈물이 잔뜩 괴어있었다. 뭐 그런 당연한 질문을 하느냐는 표정으로 넘겼어야 했다. 비싼 안주 먹고 쓸데없는 소리를 한다고 얘기했어야 했다. 10년이 아니라 50년이 지나도 내 옆자리는 너일 거라고 자신했어야 했다. 하지만 그 질문을 듣는 순간 내 시선은 밖으로 헤맸고, 입이 굳었다.

아내는 10년 후의 내 옆자리에서 자신을 찾지 못했다. 보통의 연인이 평범하게 짐작해 볼 수 있는 결혼 이후의 모습을 아내와 나는 공유한 적이 없었다. 난 그때까지 한 번도 결혼 이후의 우리 모습에 대해 얘기한 적이 없었다. 퇴사 고민과 퇴사 이후의 불안 속에서 결혼은 선뜻 꿈꿔지지 않았다. 내가 내어주지 않은 옆자리를 아내가 찾을 수는 없었다.

저 생각을 얼마나 오랫동안 해 왔던 걸까. 생각을 하면서 얼마나 마음이 아팠을까. 아픈 걸 내색하지 않으려고 얼마나 노력했을까. 속 시원히 묻고 싶은 걸 얼마나 참았을까. 내가 먼저 말해 주기를 얼마나 기다렸을까. 말을 꺼내기가 얼마나 어려웠을까. 선뜻 물어보기 어려워 술의 힘을 빌린 걸까. 대답을 듣고 싶은 마음에 내가 취하길 기다린 걸까. 머릿속이 꽉 차 있으면서도 텅 빈 것 같았다. 나는 아무 말도 하지 못했다.

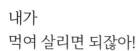

내가
먹여 살리면 되잖아!

아내와 나는 스쿠버다이빙 어드밴스 자격증이 있다. 스쿠버다이빙 입문자가 따는 첫 번째 자격증이면서 최대 수심 18m까지 다이빙할 수 있는 오픈 워터 자격증은 2012년 제주도에서 취득했고, 그해 보라카이에서 오픈 워터 자격증보다 한 단계 위인 어드밴스 자격증을 취득했다. 수심 30m까지 다이빙할 수 있는 어드밴스 자격증까지만 있어도 거의 대부분의 세계적으로 유명한 다이빙 포인트 접근이 허용된다.

2012년 이후로 1년에 한 번, 적어도 2년에 한 번 정도는 아내와 함께 스쿠버다이빙 여행을 떠났다. 보라카이, 보홀 발리카삭은 결혼 전에 다녀왔고, 호주의 그레이트 배리어 리프, 태국의 시밀란은 결혼 후에 다녀왔다. 아내는 다음 다이빙 포인트로 몰디브를 가고 싶다고 했는데, 일단 코로나가 진정돼야 한다.

사실 아내는 아직까지도 수영을 하지 못한다. 나는 잘 이해가 안 되는 부분이긴 한데, 아내는 물속에서 숨을 참지 못한다. 워터파크에서는 가슴까지의 깊이가 들어갈 수 있는 한계이고, 바닷가에서는 튜브가 반드시 있어야 한다. 잠깐이라도, 정말 1초 정도라도 머리가 물속으로 들어가는 일이 생기면 물을 먹는다.

"잠수할 때는 숨을 참아야지!"

이런 말은 아내에게 의미가 없다. 물속이든 물 밖이든 아내는 숨 참는 법을 모른다.

스쿠버다이빙을 함께한다고 했을 때 내심 놀랐다. 수영을 못하는데 스쿠버다이빙이라니! 절대 무리하지 말고, 조금이라도 공포심이 든다면 바로 포기하기로 하고 스쿠버다이빙을 배우기로 했다. 수업은 우리 둘 이외에 40대 여자분까지 셋이 시작했다. 남편이 TV 여행 프로를 담당하는 PD여서 함께 여행을 많이 다녔고, 그렇게 사는 게 행복한 활동적인 사람이라고 본인을 소개했다. 그분은 스쿠버다이빙을 배우는 도중, 물속에서 숨이 안 쉬어진다고 포기했다. 셋 중 가장 먼저 포기할 것 같았던 아내는 결국 자격증을 따냈다. 자격증을 받는 날, 난 정말 네가 끝까지 해 낼 줄 몰랐다고 했더니 아내는 의기양양한 표정으로 말했다.

"스쿠버다이빙은 숨 안 참아도 되잖아."

몇 년 전, 저렴하게 승마를 배울 기회가 있었다. 평생교육원에서 두 달 과정으로 승마 초급반이 개설되었다. 수강료가 저렴해 경쟁률이 치열했지만 아내는 그 경쟁률을 뚫어냈고, 우리는 승마를 배울 수 있었다. 말을 탄다는 건 어떤 기분일까 하는 마음으로 시작했는데, 초급반, 중급반, 심화반을 거쳐 지도자 자격증까지 땄다. 사극 드라마나 영화에서 주인공이 말 타는 장면이 나오면 '등자 길이가 너무 길면 불편할 텐데.' '고삐를 너무 넓게 잡고 있는 거 같지 않아?'라고 심드렁하게 말하는 아내는, 지금도 자전거를 못 탄다.

　　아내는 내가 하고 싶어 하는 걸 항상 함께하고 싶어 했다. 해보다가 포기하는 경우는 있었지만, 처음부터 거부하지는 않았다. 수영을 할 줄 모르면서 스쿠버다이빙을 도전했고, 자전거 보조 바퀴가 없으면 균형을 못 잡는데 말 위에 올랐다.

　　"당신과 같이하지 않았으면 못 했을 거야."

　　지금 생각해 보면 아내가 할 수 있었던 건, 혹은 하려고 했던 건 '항상 무엇이든 같이한다'였던 것 같다. 아내는 그게 당연한 거라고 여겼던 것 같다. 하지만 연애 시절의 난 함께할 수 있는 것과 혼자 해야 하는 것이 구분되어 있었다. 그리고 고민이나 걱정 같은 안 좋은 일은 혼자 하는 것이 맞다고 생각했다.

아내에게 퇴사 고민을 말하기가 어려웠다. 이건 함께할 수 없는, 나 혼자 처리해야 하는 일이었다. 혼자 하더라도, 아내가 눈치채지 못하게 했으면 좋았으련만 얼굴에, 표정에, 행동에 다 티가 났다. 설명이 없어 납득이 안 되는 이런 부정적인 신호는 아내의 오해를 불렀다. 만난 시간이 오래돼서 애정이 식었는지, 연애만 즐길 뿐 애초에 동반자로 여긴 적은 없는 건지 같은 온갖 안 좋은 생각들이 아내를 괴롭혔다. 작정하고 캐묻는 것이, 본인의 생각이 맞았다는 걸 확인하는 일이 될까 두려워 아내는 부정적인 신호의 원인 파악을 계속 뒤로 미뤘다. 나는 나대로, 아내는 아내대로, 한참 동안이나 힘든 시기를 보내면서도 섣불리 바로 잡으려 하지 못했다.

술안주가 양대창이었던가 잘은 기억이 나지 않지만, 아무튼 둘다 많이 취했던 어느 날, 둘을 괴롭혀오던 문제가 어이없이 풀려버렸다. 고민이 얼굴에, 표정에, 행동에 티가 나기는 아내도 마찬가지였고, 하고 있는 고민의 내용도 나만큼 잘 감추지 못했다. 내 입장에서는 조금 억울하긴 했다. 애정은 식지 않았고, 동반자이고 싶어서 했던 나의 고민이 전혀 다른 뜻이 되어 아내를 괴롭힐 줄 몰랐다. 더 이상 숨길 수가 없었다.

"나 회사를 그만두고 싶어."

돈을 벌 다른 방법을 찾고 있지만 아직 답을 구한 건 아니야. 근데 그 새로운 밥벌이가 뭐가 되든, 아마도 지금만큼 벌지는 못할 거야. 어쩌면 그나마도 찾는 데 오랜 시간이 걸릴 수도 있어. 시간이 오래 걸릴수록 난 점점 가난해질 건데, 혼자였다면 그게 걱정이 되진 않겠지만 너와 함께라는 건 다른 문제니까.

주저리주저리 떠오르는 대로 말하는데 아내가 말을 끊었다. 아니, 소리를 질러서 말이 끊겼다.

"내가 먹여 살리면 되잖아!"

깜짝이야. 아내가 그렇게 성량이 풍부한지 몰랐다. 한동안 침묵이 흘렀다. 이런 반응일 거라고는 상상하지 못했다. 몇 개월째 나를 깔아뭉개고 있던 문제가 아내에게는 '그깟 일' 정도밖에 되지 않았다.

이게 윈윈(win-win)인 건가. 아내는 금세 표정이 밝아졌고, 난 막혔던 게 뚫리는 것 같았다. 먹여 살릴 수 있는 기간이 최대 몇 년까지인지는 그 외침에 포함되지 않아서 조금은 아쉬웠지만, 뭐, 나도 평생 아내에게 빌어먹고 살지는 않을 테니까. 아내에게 내가 번듯한 직장인이 아니어도 된다는 것만으로도 괜찮았다.

'따라와요. 기다리고 있을게요'가 아내가 가장 좋아하는 말이라면, 내가 가장 좋아하는 말은 지금까지도 '내가 먹여 살리면 되잖아!'이다.

Part 02

결혼 후,
아내가 변했다

큰일이다.
부부가 결혼하자마자 둘 다 백수가 되려 한다.

길바닥,
아내의 프러포즈

　연애할 당시에 아내와 나는 제주에서 근무했었다. 회사는 원하는 사람에 한해 제주에서 일할 기회를 주었다. 서울을 포기하고 제주에서 근무하는 것에 대한 보상으로 월세와 생활비를 지원해 주었다. 미혼자의 경우 결혼 전 집을 나와 독립생활을 해 보고 싶다고 자원했고, 기혼자라면 자녀들이 초등학교를 들어가기 전 전원생활을 경험시켜주고 싶다고 자원했다. 사내 부부였던 어떤 동료는 회사 지원금을 각자 받을 수 있어서 마치 셋이 버는 것 같다고 좋아했다.

　제주에선 출퇴근 시간이 10분이면 충분했다. 사람들은 전날 회식으로 늦게까지 술을 먹어도 다음날 출근 걱정을 하지 않았다. 6시에 퇴근하고 집에 와서 TV를 켜면 〈6시 내 고향〉이 나왔고, 프로야구 경기를 1회 초부터 볼 수 있었다. 퇴근 시간에만 두 시간 가까이 필요했던 서울에서는 '저녁이 있는 삶'이 주는 여유를 몰랐다. 나는 아침잠이 많아서 해당 사항이 없었지만, 아침에 부지런한 몇몇은 '아침이 있는 삶'도 누렸다.

　서울에서 멀리 떨어진 곳에선 아는 누군가를 만나기가 어려웠다. 몇 시간의 거리를 극복해야 하는 약속은 성사되기 쉽지 않았다. 어쩌다 이쪽으로 여행을 온다거나 하는 일이 생기지 않는 이상, 또 여행을 오더라도 굳이 나에게 연락을 하지 않는 이상, '여유가 있는 삶'을 누군가와의 만남으로 채울 수 없었다. 이건 아내도 마찬가지였다. 평일 저녁이나 주말엔 다른 친구들과의 약속이 없는 게 당연했다.

　"혹시 시간이 되면…."

　그곳에서 이런 말은 전혀 의미가 없었다. 시간이 안 되는 날은 없었다. 약속을 미리 잡을 필요가 없었다. 평일 저녁이든 주말이든 아내가 보고 싶을 때면 언제든지 바로 약속을 잡았다.

　연애하기에 최상의 조건이었던 그곳에서의 생활이 오래 유지되지는 못했다. 선택이 나에게 있었다면 계속 그 생활을 택했겠지만, 그 선택은 회사에 있었다. 몇 년이 지나 회사 사정이 변하면서, 아내와 나는 제주살이를 정리하고 다시 서울로 돌아와야 했다. 돌아오더라도 독립생활을 포기할 수는 없었다. '저녁이 있는 삶'은 그 맛을 안 이상 절대 끊을 수가 없었고, 그러기 위해서는 서울에서 새롭게 살 집이 필요했다. 하지만 서울살이는 지원금까지 받았던 제주살이와는 금전적으로 차원이 다른 세상이었다.

서울로 돌아와야 할 날이 두 달 정도 남았던 어느 날, 어쩌다 서울로의 출장 기간이 서로 겹쳐서 퇴근 후 아내를 만났다. 오래된 칼국수 집에서 저녁을 먹고, 명동거리를 산책하다가 서울 중앙우체국 앞 벤치에 앉았다. 마치 회사에서 있었던 일을 얘기하듯, 별일도 아닌 것처럼 아내가 말했다.

"각자 집을 구하려면 돈이 많이 들 텐데."

"많이 들지…."

"둘이 합치는 게 낫지 않으려나?"

"그럼 돈 굳겠다…."

"결혼도 안 했는데 같이 산다고 하면 부모님이 뭐라 안 하실까?"

"뭐라 하시지…."

"그냥 결혼부터 먼저 해야겠다."

"그럼 되겠네…?!"

스쿠버다이빙을 하기로 하면서 몇 달 전 함께 예약해 놓았던 필리핀 보홀 여행을 신혼여행으로 하자는 얘기가 나왔고, 그렇다면 결혼식 날은 그 여행을 출발하기 전날로 하면 되겠다고 했다. 아, 아내는 이렇게나 일 처리가 빠른 사람이었구나. 괜히 회사에서 일 잘한다고 인정받는 게 아니구나. 서울 중앙우체국 앞 벤치에 앉은 후 한 시간이 채 지나지 않았는데, 아내는 결혼과 결혼 날짜와 신혼여행지를 정했다.

상대방에게 결혼을 제안하는 것이 프러포즈라고 한다면, 돈을 아끼기 위해, 부모님의 눈치를 보지 않는 방법으로, 아내가 먼저 결혼을 제안했으니 프러포즈는 아내가 한 셈이 됐다. 결혼 후 가끔 프러포즈를 못 받고 결혼한 게 억울한지

"당신은 프러포즈 안 해?"

라고 물으면

"그러게 말이야. 상상도 못 할 기발한 이벤트로 프러포즈하려고 내가 다 준비해 놨는데. 그걸 못 참고 네가 먼저 해 버리는 바람에."

하며 아내의 프러포즈로 인해 선수를 빼앗겨버린 피해자 행세를 한다. 가끔 TV 예능 프로나 드라마에서 프러포즈 이벤트를 준비하느라 고생하는 에피소드가 나올 때면 아내에게 장난을 친다.

"다들 저렇게 힘들게 하는데, 너처럼 프러포즈 쉽게 한 사람도 없을 거야."

결혼을 준비하는 회사 사람이 프러포즈를 위해 산 티파니앤코

다이아 반지가 몇백만 원이나 한다고 해서 놀랐다는 얘기를 아내에게 해 줄 때도 슬쩍 농담처럼 붙인다.

"그땐 내가 세상 물정을 몰랐어. 반지까지는 아니더라도 꽃다발조차 없이 길바닥에서 한 프러포즈를 승낙하다니."

늦은 결혼,
준비가 요란하지 않았다

　　결혼할 상대가 있고, 언제 결혼식을 할지도 정해졌고, 식을 마친 후 떠날 신혼여행지도 이미 준비가 됐다. 결혼이 이렇게 간단한 것이었나. 주변 사람들의 결혼 준비는, 자세히 들여다본 건 아니지만, 선택과 결정의 무한 반복이었다. 사랑하는 사이지만 선택과 결정이 모두 일치하는 건 아니었고, 그 과정에서 둘의 사이가 안 좋아지기도 했다. 결혼이 둘만의 문제라면 어차피 연애할 때도 수시로 싸우고 화해했던 것처럼 시간이 좀 지나면 해결이 되겠지만, 결혼은 가족 전체가 발을 담갔다. 양쪽 집안의 힘 싸움에 힘들어하는 연인이 결국 파혼에 다다른다는 소재는 TV에서도 자주 나왔다.

　　누구나 그렇겠지만, 처음 경험해 보는 결혼 준비여서 겪은 몇 가지 시행착오를 빼면 대체로 별문제 없이 순조롭게 진행됐다. 둘 다 시기를 한참이나 지나고 하는 결혼이어서 사위를, 며느리를 맞는 양쪽 부모님들이 관대하셨다.

"데려가 주는 것만으로도 고맙지."

상견례장 분위기도 화기애애했다. 양쪽 부모님 모두 평생 결혼도 못 하고 혼자 살 뻔한 혼기 놓친 자식 걱정을 해결해 준 고마움에 너그러웠다. 조금 늦기는 했지만, 어쨌든 집안의 마지막 혼사를 기어이 치러낸다는 홀가분한 마음은 상견례의 어색함을 가볍게 눌렀다.

난 결혼식이 부담스러웠다. 평생 살아오면서 무대 중앙에서 스포트라이트를 받고 싶어 한 적이 없었다. 그건 내 몫이 아니라고 생각했다. 내가 원하는, 살아왔던 삶은 무대 중앙의 스포트라이트 수리를 담당하는 조명 기사 정도까지였다. 결혼식은 중앙으로 올라가야 했다. 할 수만 있다면 결혼식 같은 건 생략하고, 구청에 가서 혼인 신고만 하고 끝내고 싶었다.

"결혼식 로망 같은 건 있어?"

결혼은 혼자 하는 게 아니니 아내의 의견도 중요했다.

"아니 없어. 그냥 작은 데서 친한 사람 몇 명만 불러서 하고 싶어."

"그럼 우리 그냥 스몰 웨딩 같은 걸 하자."

작은 데서 하면 돈도 적게 드는 줄 알았다. 스몰 웨딩은 겉치레를 다 걷어내고 필요한 것에만 비용을 지불하려는 검소한 사람들이 하는 거로만 알았다. 스몰 웨딩을 하기 위한 예식장은 이미 세팅된 식장에 몸만 들어가면 되는 일반 예식장과는 달랐다. 모든 걸 하나하나 준비해야 했고, 그 모든 것 하나하나가 전부 비용이었다. 돈도 돈이지만 하나하나 준비할 만큼 부지런하지도 않았다. 스몰 웨딩이 많은 사람들이 가지고 있는 결혼식 로망이라는 것도 그때 알았다. 결혼식은 일반 예식장에서 하기로 계획을 바꿨다.

"주차 편하고 밥 맛있는 데가 좋더라."

가봤던 다른 사람의 결혼식 중에 주차가 편하고 밥이 맛있었던 거로 기억되는 예식장 두어 군데를 추리고, 한 번씩 가보기로 했다. 첫 번째 예식장은 선릉역과 가까웠다. 아내가 선택한 곳이었다. 하나부터 열까지 까다롭고 꼼꼼하게 따지는 성향을 가진 친구가 결혼했던 곳이니 믿을 수 있다는 게 선택의 이유였다.

설명해 주는 담당 직원은 친절했다. 남의 결혼식의 모르는 하객들 사이에 껴서 먹어본 식사도 괜찮았다. 우리가 원했던 날짜의 4시 30분 타임이 비어있었다. 당장 두 달 후이고, 애매한 시간대이다 보니 할인이 많았다. 식장 대여비와 폐백비가 무료였다. 하객들의 밥값만 지불하면 됐는데 이마저도 할인이 들어왔다. 드레스와 메이크업, 결혼식 사진, 부케 등은 세트로 묶인 데다 저렴했다. 결혼까지 두 달밖에 안 남은 시간은 우리보다 예식장 쪽이 더 급한 것처럼 보였다. 딱히 이곳을 선택하지 않을 이유가 안 보였다. 두 번째 예식장을 굳이 가 볼 필요도 없었다.

함께 살 집은 장모님께서 찾아주셨다. 동네 부동산 사장님이 추천한, 장모님이 사시는 곳의 바로 옆 단지 아파트였다. 용인에 있는 34평 아파트였다. 회사 대출을 받으면 가능한 가격이었다. 산이 보이는 탁 트인 전망을 가진 곳이었고, 그 대가로 대중교통을 포기한 집이었다. 보자마자 아내는 마음에 들어 했다.

"거실 뷰가 끝내줘. 펜션에 온 거 같다."

신혼집도 결정됐다. 대출을 받아야 한다는 점이 내심 맘에 걸리긴 했지만, 34평 아파트에 들어가면서 대출이 없기를 바란다는 건 욕심이었다.

결혼 전 둘 다 독립생활을 하고 있었기에 가구나 가전제품들을 따로 살 필요가 없었다. 서로 가지고 있던 살림살이를 채우기만 하면 됐다. 겹치는 살림살이는 조금 더 나은 걸 가지고 있는 쪽으로 고르면 됐다. TV와 세탁기, 침대는 내 것을 선택했고, 옷장, 책장, 식탁은 아내 것을 들였다. 15년 동안 끌던 내 차는 5년 된 아내 차에 밀려서 처분됐다. 넓은 집이 황량하게 느껴져 소파만 따로 구입했다.

늦게 하는 결혼이어서 서로 저울질할 게 없었다. 부모님들은 내내 처리하지 못해 마음이 편치 않았던 부모로서의 마지막 할 일이 해결된다는 후련함을 무엇보다도 우선하셨고, 결혼 준비에서 일어나는 못마땅함은 작은 일처럼 여기셨다. 결혼식은 귀찮지만 어쩔 수 없이 하는 요식 행위처럼 느껴졌다. 필요성을 크게 못 느껴서 준비가 요란하지 않았다.

"가족들이 더 빨리 끝내고 싶어 하는 거 같아."

선택과 결정이 까탈스럽지 않았다. 최선도 아니고 빈틈투성이인 결정에도 가족들은 토를 달지 않았다. 인륜지대사(人倫之大事)라는 결혼이 때를 놓치면서 찬밥 신세가 됐다.

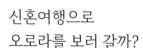

신혼여행으로
오로라를 보러 갈까?

필리핀 보홀의 스쿠버다이빙 여행은 서로 결혼을 생각하기 몇 달 전에 예약했었다. 예약할 때에는 당연히 이 여행이 신혼여행이 되리라고는 생각하지 못했다. 결혼하기로 하면서 신혼여행은 따로 준비할 것 없이, 예약했던 보홀 여행을 신혼여행으로 하기로 했다. 자연스럽게 결혼식 날은 여행 출발 전날이 됐다. 예식장 예약을 마치고 가족들에게 결혼 날짜를 알렸다.

"10월 9일 오후 4시 30분이야."

형에게서 문제가 생겼다.

"형이 10월 내내 미국 출장이라고 얘기했었잖아. 조금만 미루면 안 돼?"

아 맞다. 그랬었지. 미루지 뭐.

예식장 예약을 하고 나간 지 30분도 안 돼서 다시 찾아온 우리를 예식장 직원이 의아하게 쳐다봤다.

"결혼식 날을 미뤄야 할 것 같아요."

다행히 형이 출장을 마친 이후 날짜에 같은 조건으로 다시 계약할 수 있었다. 신혼여행도 변경해야 했다. 보홀 여행은 그냥 결혼 전에 예정대로 다녀오기로 하고, 신혼여행지를 새로 알아보기 시작했다. 사실, 내심 그래도 신혼여행인데 여행지를 보홀로 하기엔 좀 아쉽긴 했었다.

"호주는 어때? 캠핑카로 사막을 3,000km 달려 울루루를 보고 오는 거야."

아내의 표정이 시큰둥했다. 맘에 들지 않는다는 표정이었다. 나름 고심해서 떠올린 여행지였고, 아내가 좋아하는 스타일의 여행이었다. '어떻게 그런 생각을 할 수 있지?'라고 할 줄 알았다. 의외였다.

"그럼 오로라 보러 갈까?"

말이 끝나자마자 아내는 눈을 동그랗게 뜨고 들뜬 표정으로 말했다.

"와! 좋다! 오로라 보러 가자! 어떻게 그런 생각을 할 수 있지?"

신혼여행은 노르웨이의 트롬쇠로 결정했다. 캐나다의 옐로나이프도 후보지였지만 영하 30도까지 내려간다는 추위에 겁을 먹었다. 트롬쇠는 영하 10도 정도로 오로라를 볼 수 있는 곳치고는 따뜻했다.

트롬쇠까지의 여정은 멀었다. 트롬쇠까지 가는 직항이 없어 일단 오슬로까지 가야 했는데, 그마저도 헬싱키에서 한 번 환승해야 했다. 트롬쇠는 작고, 오렌지색 불빛이 따뜻한 도시였다. 위도가 높은 곳이어서 낮에도 해를 볼 수 없었다. 하루 종일 초저녁의 어스름함이 이어졌다. 어둑어둑했지만 낮의 학교는 아이들로 시끄러웠다.

오로라 헌팅은 저녁 8시 즈음부터 시작되었다. 우리 외에 중국인 두 명이 더 있었다. 가이드는 두 명이었는데, 운전을 하는 남자와 설명을 해 주는 여자였다. 둘은 부부처럼 보이기도 했다. 남자는 오로라를 쫓아 우리를 데리고 다녔다. 그냥 주변 불빛이 없는 깜깜한, 늘 가던 곳으로 가는 건 줄 알았는데 말 그대로 '헌팅'이었다. 달리던 차를 잠시 세우고는 먹이를 찾는 매처럼 하늘을 한 번 훑고, 다시 달리기를 반복했다. 먹이가 포착됐다. 그는 급하게 차를 벌판에 세우고, 손으로 하늘을 가리켰다.

오로라는 현실적이지 않았다. 푸른색과 보라색이 뒤엉키면서 머리 위에서 춤을 췄다. 출렁이는 오로라의 물결은 원근감을 잊게 했다. 멀리 보이는 산을 더 멀리 있는 오로라가 뒤덮고, 반대편 하늘까지 이어졌다. 손을 내밀면 잡을 수 있을 것처럼 가까이 왔다가 다시 하늘 전체로 퍼져나갔다. 오로라는 하늘 전체를 덮을 만큼 거대했고, 어두운 밤이라는 걸 잊게 할 만큼 밝았고, 하늘이 100m 트랙으로 보일 만큼 빨랐다. 표현이 풍부하던 아내도, 왜 오로라가 발생하는지 설명하려던 나도 그대로 얼어붙은 채 아무 말도 하지 못했다.

"와… 와… 와…."

매일 밤 오로라 헌팅을 다니는 가이드도 흥분했다. 이 정도 화려한 오로라를 바로 머리 위에서 볼 수 있는 건 행운이라며 가이드의 임무를 초과 수행한 자신을 자랑스러워했다.

딱 10분 정도. 자신을 가두기에는 하늘이 너무 좁다는 듯 몸부림치던 오로라는 10분 정도가 지나자 차분해졌다. 언제 그랬냐는 듯이 멀리 보이는 하늘에서 얌전해졌다. 마치 금세 늙어버린 것 같았다. 그 뒤로도 가이드는 우리를 데리고 새벽까지 오로라를 쫓았지만, 더 이상 생기 넘치는 젊은 오로라를 만날 수는 없었다.

돌아오고 한 달쯤 지났을까. 〈꽃보다 청춘〉에서 정우, 조정석, 강하늘, 정상훈이 아이슬란드로 오로라를 찾아 나섰다. 매일 구름 낀 날씨가 그들의 오로라 영접을 방해했다. 이대로 오로라를 보지 못한 채 돌아오는 건가 했는데, 결국 하늘이 허락했다. TV 화면에 오로라가 펼쳐지기 시작했다.

"어… 어…. 저거 우리가 봤던 오로라 같지 않아?"

아내가 소리쳤다. 정말 그랬다. 아직까지도 기억에 선명하게 남아있는 그 젊은 오로라의 모습이었다. 방송이 끝나고 촬영일을 검색했다. 그들의 아이슬란드 여행 날짜는 우리의 신혼여행 날짜와

겹쳤다. 방송에 나온 아이슬란드의 오로라는 트롬쇠의 하늘을 뒤덮었던 그 오로라였다.

우리에겐 그날의 오로라 사진이 없다. 오로라를 사진에 담기 위해서는 노출 조절이 가능한 카메라와 그 카메라를 고정할 수 있는 삼각대가 필요했는데, 아내와 난 애초에 사진에 별 관심이 없었다. 함께 오로라 헌팅을 했던 중국인 두 명 중 한 명이 친절하게도 오로라를 배경으로 우리를 찍어주었고, 여행이 끝나면 보내주겠다며 메일 주소를 받아 갔다. 벌써 5년이 지났는데, 아직 그한테서 메일이 오지 않았다. 〈꽃보다 청춘〉에서 나온 오로라 장면은 우리에게 큰 선물이 되었다. 언제든 보고 싶을 때 검색만 하면 그 젊고 활기차던 오로라를 볼 수 있다. 벌써 몇 번이나 보고 또 봤는데, 볼 때마다 가슴이 뛴다.

,

아 그랬어?
문학청년. 크크

라디오에서 좋아하는 노래가 나오면 아내는 리듬을 따라가며 흥얼거린다. 90년대 노래는 가사를 거의 틀리지 않고 감정도 실어서 부른다. 정경화 님의 〈나에게로의 초대〉라도 나온다면 100%다. 아내가 부르는 노래를 가만히 듣고 있다가 한마디 한다.

"회사 안 다녔으면 어쩔 뻔했어."

혹시라도 노래 부르는 걸 밥벌이로 택했으면, 그 실력으로는 굶기 딱 좋다는 의미다.

"무슨 소리야. 내가 지금 대충 불러서 그런 거지. 예전에 노래방에서 잘 부른다는 말 엄청 많이 들었어."

아내가 작정하고 부른 걸 한 번도 들어본 적이 없기 때문에 난 그 말을 믿을 수 없다.

30대에 연애를 시작해서, 이미 지나버린 서로의 10대, 20대 모습을 볼 수 없었다. 각자가 들려주는 말들로 서로의 젊은 시절을 짐작한다. 아내는 내성적이고 낯가림이 있어 친구를 만드는 데 시간이 필요했고, 사춘기 시절에도 부모님께 큰 반항은 안 했다고 한다. 난 사람 사귀는 걸 어려워해 혼자 있는 걸 좋아했고, 역마살이 있어 늘 밖으로 싸돌아다녔다고 했다.

　　함께 맥주라도 한잔하면서 흥을 돋우면 어릴 적 기억이 부풀려진다.

　　"내가 재수하면서 도서관 다닐 때, 여자들한테 쪽지 좀 받았었지. 귀찮아서 늘 '여자 친구 있습니다'라고 했었어."

　　딱 한 번 받아봤다. 그마저도 10분 후 도서관 정문에서 잠깐 보자길래 두근두근 설레며 나갔더니 아무도 없었다.

　　그 시절을 다시 볼 수 없어 증명할 길이 없는 허세는 아내도 마찬가지다.

　　"회사에 나 좋다는 사람 많았는데."

　　그럴 리가. 서로 회사가 달랐으면 모를까. 10년을 서로 같은 회사에 다녔는데, 아내를 좋아했던 사람은 내가 알고 있는 바로는 딱 한 명뿐이다.

　　어릴 때 한두 번 경험한 기억은 마치 늘 그랬던 것처럼 부풀려졌다. 초등학교 때 미술 대회는 출품만 하면 대충 아무 이름으로 나 상장을 주었다. 그때 받았던 이름 모를 상은 내가 미술 영재로 서의 유년기를 보냈다고 아내에게 말할 수 있는 밑천이 됐다. 고등 학교 때는 농구의 시대였다. 만화 〈슬램덩크〉에 빠져 있던 반 애들 은 '왼손은 거들 뿐'을 외치고 다녔다. 반 대항 체육 대회에서 다들 왼손 타령을 하며 농구로 몰린 덕에 난 주전 축구 선수가 될 수 있 었다. 그때 한 골을 넣었던 경험으로, 아내에게 난 스포츠맨이 되 었다.

"예전엔 시도 좀 쓰고 그랬는데. 문학청년이었지."

평생 딱 한 번, 대학교 1학년 때 시를 써 봤다. 그 기억으로, 난 보통의 공대생들과는 달리 이른바 문학청년이었다고 아내에게 나 의 20대를 치장했다.

"어디 봐봐."

"어? 아….."

썼던 시는 사라지지 않는다는 걸 놓쳤다. 증명할 길이 없는 이 전의 허세와는 달랐다. 아내에게 제목도 없는 20살 공대생의 어설 픈 시를 마지못해 보여줬다.

테트리스를 처음 해 보던 날,
눈 감으면 쏟아져 내리는 블록들에
잠을 이룰 수 없었습니다.

당구를 처음 배우던 날,
천장에 그려지는 공들의 움직임에
잠을 이룰 수 없었습니다.

그대를 처음 보았던 날,
그대 생각하는 깜깜한 밤이 한낮보다도 눈부셔
잠을 이룰 수 없었습니다.

도저히 잠을 이룰 수 없었습니다.

　내가 했던 허세를 아내가 다 믿었을 거라고 생각하지는 않았지만, 어차피 증명할 길이 없으니 적당히 우길 수 있었다. 하지만 증거가 있어 판단이 가능한 이번은 달랐다. 자칭 문학청년이 지었다는 시를 읽은 아내의 표정이 의미심장했다. 묘한 웃음을 지으며 나를 쳐다봤다.

"잘 썼네. 문학청년. 크크."

신뢰가 무너졌다. 미술 영재도, 스포츠맨도, 이제 더 이상은 아내에게 먹히지 않을 것 같다. 또 다른 기억을 찾아 아내에게 새로운 허세를 부리더라도, 아내가 이렇게 대답할 것만 같다.

"아 그랬어? 문학청년. 크크."

당신,
쉬운 여자였구나!

　　아내와 연애를 시작하기도 전, 그러니까 둘이 썸을 타고 있던 시절 아내와 난 서울이 아닌 제주에서 근무했었다. 회사의 위치는 시내와 떨어진 외진 곳이었다. 회사 주변엔 이렇다 할 식당이 없었고, 차를 타고 시내로 나가지 않는 이상 점심은 회사의 구내식당에서 해결해야 했다. 구내식당의 음식은 꽤 괜찮았다. 서울을 떠나 제주에서 근무하는, 그리고 회사 주변이 황량해 구내식당 말고는 선택의 여지가 없던 직원들을 위한 회사의 배려였다.

　　어느 날 점심, 갈치구이가 반찬으로 나왔다. 구내식당에서 비싼 갈치를 내어주는 건 자주 있는 일이 아니다. 배식을 기다리는 직원들의 눈이 반짝였다. 사람들은 잘 구워져 노릇노릇한 갈치를 다른 반찬의 자리에까지 담았다. 나 역시 식판에 갈치를 듬뿍 담아 친한 동료들이 앉아 있는 테이블에 자리 잡았다. 아내가 맞은편에 먼저 앉아 있었다.

"어? 갈치 안 드세요?"

아내의 식판에는 갈치가 보이지 않았다. 대신 남들이 포기한 다른 반찬들만 초라하게 담겨 있었다.

"제가 비린 걸 싫어해서 생선을 먹지 않아요."

말도 안 돼. 갈치가 비리다니. 고등어나 삼치면 그럴 수 있다 하더라도, 이건 갈치인데. 젓가락으로 등 위쪽에 있는 뼈를 발라냈다. 같은 방법으로 배 아래의 뼈도 제거했다. 등과 배의 뼈를 발라내면 먹기가 편하다. 살점을 떼어 입에 넣었다. 익숙한 짭조름한 맛. 행복의 맛이다. 슬쩍 본 아내의 식판은 안쓰러웠다. 구내식당 측에서 메인 반찬에 힘을 준 탓에 다른 반찬들이 평소보다 변변하지 못했다. 신경이 쓰였다. 뼈를 발라낸 큰 덩어리의 갈치 살을 아내에게 건넸다.

"갈치는 안 비려요. 한번 먹어 보세요."

아내도 다른 반찬들이 영 마음에 들지 않았는지, 건네준 갈치를 경계하지 않았다. 정말 안 비린지를 한 번 더 묻고는 조심스럽게 입에 넣었다.

"음. 안 비려요. 맛있어요!"

당연하지. 갈치가 맛없다는 사람을 난 본 적이 없다.

제주에서 아내와의 연애가 한창일 때, 아직 한 번도 뵙지 못한 장모님께서 아내를 보러 오셨다. 첫인사를 드리기로 했다. 괜찮은 식당을 예약해야 했다.

"어떤 걸 좋아하셔?"

아내와는 달리 생선을 좋아하신다고 했다.

"내가 생선을 안 먹은 게, 어릴 때 집에서 굽는 생선의 비린 냄새 때문이었을 거야. 엄마가 좋아하셔서 자주 구웠거든."

식당은 해산물집으로 예약했다. 식사와 함께 값이 꽤 나가는 갈치구이도 주문했다. 갈치는 비싼 만큼 크고 두툼했다. 뼈를 발라내는 일은 내 몫이다. 집중력과 능숙함이 필요하다. 그 중요한 일을 아내의 서툰 젓가락질에 맡길 순 없다. 갈치 맛을 알아버린 아내의 시선이 노련한 젓가락질에 고정됐다. 뼈를 발라낸 두툼한 갈치 살을 크게 떼어 아내의 공깃밥 위에 놓아주었다. 장모님께서 의아한 듯 아내에게 물으셨다.

"이제 생선도 먹네?"

그럼요. 뼈만 발라주면 저보다도 더 많이 먹는답니다.

"응. 갈치는 안 비려."

당연하다는 듯 대답을 마친 아내는 두툼한 갈치 살을 밥과 함께 입에 넣었다.

장모님은 한라산을 가고 싶어 하셨다. 산을 좋아하셔서 평소에 등산을 자주 다니신다고 했다. 한라산은 아내와도 자주 오르던 곳이었다. 전날 미리 얼려두었던 맥주 캔을 챙기고, 산에서 먹을 김밥을 샀다. 가을 산이었다. 하늘이 맑고 단풍이 눈부셨다. 산에서는 많은 얘기가 필요 없다. 숨이 차서인 탓도 있지만, 그게 아니더라도 계절을 곱게 차려입은 산의 아름다움을 보는 것만으로도 바쁘다.

"산에 자주 오니?"

산 정상에서 채 녹지 않은 차가운 맥주와 함께 김밥을 먹으면서 물으셨다.

"응, 엄마. 우리 둘 다 산 좋아해."

장모님은 둘이 같은 취미가 있어서 다행이라고 하셨다. 그러시고는 가 볼 만한 다른 좋은 산에 대해 한참 동안 말씀하셨다.

결혼 후에 들은 얘기인데, 장모님에게는 사위의 조건으로 두 가지가 있었다고 하셨다. 하나는 사위 될 사람이 등산을 좋아했으면 하는 것, 다른 하나는 딸에게 생선을 먹게 하는 것. 첫 번째는 워낙 산을 좋아하시는 장모님의 취향이었고, 두 번째는 그렇게 싫다고 안 먹던 생선을 먹는다는 건 정말로 그 사람을 사랑해서일 거라는 생각 때문이었다.

"그게 미션이었다고?"

연애를 시작하기도 전에 미션은 이미 종료되어 있었다. 장모님을 처음 뵙고 이틀 만에, 난 별다른 노력 없이 장모님의 예비 사위가 되었다.

"당신, 쉬운 여자였구나!"

산을 좋아하는 게 그리 특별한 일은 아니었고, 갈치구이가 맛있는 게 내 노력이 필요한 것도 아니었다. 공주를 구하기 위해 목숨 걸고 난폭한 괴물을 상대해야 하는 동화 속 기사가 괜히 안쓰럽게 느껴졌다. 여기 이렇게 갈치구이 한 조각이면 구할 수 있는 공주도 있는데.

결혼 후,
아내가 변했다

결혼하기 전에, 퇴사는 나를 한참이나 깎아내리는 것이라고 생각했다. 그렇게 저만치 아래로 내려가버린, 그래서 더 이상 서로의 눈높이를 맞출 수 없는 나는, 더 이상 아내 앞에서 예전처럼 당당히 설 수는 없을 거라고 생각했다. 설령 용기를 내어 피하지 않고 고개를 들어 마주 선다고 하더라도, 그 모습이 뻔뻔함으로 보이지는 않을까 두려웠다. 아내는 그런 걱정이 나 혼자 불어 제껴 부풀어버린 풍선 같은 것이라고 말했다.

"그깟 일 때문에 당신이 달라지는 건 없어."

퇴사 시기를 잡기 전 돌아봐야 할 것이 많았다. 결혼을 하면서 새로운 가족이 늘었고, 가족은 내 선택과 결정을 일일이 설득하지 않아도 되는 친구나 지인들과는 달랐다.

"너희 부모님은 어떻게 생각하실까?"

나의 퇴사를 망설임 없이 동의해 주던 아내가 주춤했다. 사랑으로 곱게 키운 막내딸이었다. 장모님은 늘 막내딸이 어려움 없이 행복하기를 기도하셨다. 결혼한 지 얼마 되지 않아 백수가 되어, 소중한 딸의 행복에 행여나 금이 가게 할지도 모르는 사위를 선뜻 이해해 주실 거 같지 않았다.

"당신 부모님은?"

그건 걱정이 없었다.

"내가 이겨."

'다른 밥벌이를 준비해 놓고 퇴사한다'로 생각했던 일이, 그깟 일이라고 말해 주는 아내 덕분에 '퇴사를 하고 난 후 다른 일을 찾아본다'로 한 걸음 물러설 수 있었다. 퇴사 후 다른 일을 찾을 때까지는 내가 가정주부의 역할을 맡기로 했다. 한 치의 흐트러짐 없는 확실한 내조를 약속했다. 가장은 빈틈없는 내조를 받으면서 바깥 일만 신경 쓰면 된다고 했다. 그즈음부터 아내를 이따금씩 '바깥양반'이라고 불렀다. 난 '안사람'이라는 말이 좋았다.

일단은 거기까지였다. 부모님을 설득하기 위해서는 퇴사 이후할 '다른 일'을 보여 드려야 했다. 지금보다 더 근사한 직업이면 좋겠지만, 그리 될 리는 없다. 주말에 산책하면서 나누는 대화는 언제나 퇴사 이후의 얘기였다.

"학원 강사를 해 보면 어떨까. 나 대학교 때 아르바이트로 학원 강사도 했었는데, 인기 좋았거든."

"9급 공무원 시험 준비를 해 볼까? 요즘은 나이 제한이 없대."

아내도 가끔 거들었다.

"난 도서관 사서를 하고 싶었는데. 나 전공도 문헌정보학과잖아."

시간이 지날수록 어릴 적 꿈들이 쏟아져 나오기 시작했다. 해 질 무렵인 저녁에 불을 켜고, 동트는 새벽에 불을 끄는 게 해야 할 일의 전부일 것 같았던 등대지기는 나의 꿈이었다. 하루에 한두 시간만 일하는 것처럼 보였던 라디오 DJ도 있었고, 어디서 본 것 같기는 한데 이름은 모를 정도의 인지도만 가진 (난 스포트라이트를 받고 싶지 않았다) 중년 배우도 내 오랜 꿈 중의 하나였다. 아내의 꿈은 나보다 현실성이 있었다. 어릴 적 글쓰기가 재밌었고, 나름 잘 쓴다고 들어서 막연하게 작가가 되고 싶었다고 했다.

"역사 공부는 오래된 영화를 보는 거 같아서 좋아."

역사학자도 아내의 꿈이었다.

맘속에 품고 있었던 꿈 이야기를 할 때, 아내의 표정이 항상 밝았다는 걸 눈치챘어야 했다. 그럴 때면 꿈 이야기를 멈춘 채, 은근슬쩍 다른 주제로 넘어갔어야 했다. 아내의 마음 한쪽에서 뜨거운

불길이 치솟고 있다는 걸 나는 전혀 몰랐다.

"나도 때려칠까?"

아내의 표정은 환했다. 회사를 그만두겠다는 게 이렇게나 해맑을 일인지. 나를 먹여 살리겠다고 큰소리쳐서 날 감동시키더니, 이제 와서, 심지어 난 아직 퇴사도 안 했는데 본인도 때려치우겠다는 뜻을 보였다.

"나도 요즘 들어 예전처럼 이 일이 재밌지가 않아. 하고 싶은 일 하면서 살고 싶다."

의기소침해 있는 나를 응원하기 위해 퇴사를 '그깟 일' 취급한 줄 알았는데, 실제로 아내에게 퇴사 정도의 일은 '그깟 일'이었다.

연애 시절, 마흔 살에 은퇴하는 게 꿈이었다고 아내에게 가끔 얘기했었다. 그건 등대지기만큼이나 현실성이 없는, 단지 꿈일 뿐이었다.

"당신이 못 이룬 꿈을 내가 대신 이뤄 줄게."

이렇게 나올 줄 몰랐다. 왜 내 꿈을 네가 이루려는 건데. 내가 그만둔다고 하면서 아내만 일하라고 억지를 부릴 수도 없었다. 마침 아내의 나이가 올해 마흔이다. 큰일이다. 성실하던 아내가 나에게 물들었다. 부부가 결혼하자마자 둘 다 백수가 되려 한다. 양쪽 부모님들에게 이걸 설득해야 한다.

Part 03

2014년부터
원했던 삶을 지금 살고 있어

앞으로 살아갈 매일매일이
여행 같은 삶이 될 것 같았다.

돈 못 버는 10년,
집을 팔기로 했다

밥벌이가 될, 하고 싶은 일을 찾는 건 조급해하지 않기로 했다. 짧은 호흡으로 서둘러 찾으면 지금까지 했던 일과 비슷한 일들만 눈에 보일 것 같았다. 당장 돈이 되는 일이 아니더라도, 이를테면 운동을 한다든가 책을 읽는다든가 여행을 다닌다거나 하는 시간을 충분히 가져보기로 했다. 그렇게 쌓이는 시간은, 하루하루 버텨낸 것만으로 만족하던 때의 시간과는 분명히 다를 거라고 기대했다. 회사에 얽매이지 않아 자유분방한 일상이 5년, 10년 쌓이게 되면, 지금은 잘 알 수 없지만, 그 긴 시간에서 만들어지는 무언가가 분명히 있을 거라는 생각이 들었다.

살아가는 건 모든 게 다 비용이다. 우리가 가진 돈으로 최대 몇 년까지 버틸 수 있을지 궁금했다. 2인 가구 최저 생계비를 찾아보니 179만 원이라고 나왔다.

"179만 원 안에 부모님 용돈은 포함 안 되겠지?"

양가 부모님께 한 달에 50만 원의 용돈을 드리고 있었다. 일을 그만둔다고 드리던 용돈을 끊을 수는 없었다. 최저 생계비에 부모님 용돈 50만 원을 더하면 230만 원이었다. 거기에 예상치 못하게 발생할 수 있는 예비비를 포함해 한 달에 250만 원을 쓰는 거로 정했다.

"한 달에 250만 원씩 쓴다고 하면 1년이면 3천, 10년이면 3억이다."

10년 후면 퇴직연금과 개인연금을 수령할 수 있는 55세가 된다. 물론 적은 돈이지만 수입이 생긴다. 10년 동안 우리가 아무런 밥벌이도 찾지 못한다고 가정했을 때 필요한 돈은 3억이었다. 그 큰돈이 나올 만한 곳은 한 군데밖에 없었다. 지금 살고 있는 아파트.

나중에서야 깨달은 건데, 왜 집값을 결정하는 1순위가 편리한 교통인지를 알게 됐다. 결혼 후 처음 살던 집은 출퇴근하는 것이 매일 등산하는 기분이었다. 가장 가까운 버스 정류장에서 집까지 언덕길을 20분 동안 걸어야 했다. 퇴근 후 한 시간 버스를 타고 내려서 언덕길을 20분 정도 걸어 집에 도착하면, 산 정상에 올랐을 때의 기분을 느낄 수 있었다. 매일을 등산하고 싶지는 않았다. 2년이 지나고, 새로운 집을 알아보기 시작했다.

첫 번째 전셋집을 들어갈 때, 모아놓은 돈이 부족해서 회사 대출을 받았었다. 대출 조건으로 신용카드 하나를 만들고, 급여 통장을 바꿔야 했다. 신용카드야 만들겠지만, 10년 넘게 써오던 급여 통장을 바꾸는 게 귀찮았다. 들어오는 돈과 나가는 돈이 모두 그 통장 하나에서 처리됐다. 급여 통장을 안 바꾸면 무슨 일이 생기는지 물어봤다.

"1년 후 대출 연장이 거절될 수도 있어요."

정든 급여 통장을 살리려면 1년 안에 대출금을 모두 갚아야 했다. 둘의 월급날에 1순위로 빠지는 돈은 대출금을 12개월로 나눈 만큼의 돈이었다. 살림살이는 그만큼의 돈을 빼고 남는 거로 해야 했다. 처음엔 좀 힘들었는데, 그럭저럭 적응이 되었다. 아내와 나는 둘 다 비싼 무언가에 관심이 없었다. 사치라고 해 봐야 아내의 경우 책을 남들보다 좀 많이 산다는 것, 나의 경우 그릇이나 조리 도구에 욕심이 좀 있다는 것 정도였다. 없이 사는 것에 익숙해져 갔다. 그렇게 살다 보니 1년이 지난 후에도 내 급여 통장은 살아남았다.

잘 쓰지 않는 생활은 대출을 모두 갚은 후에도 변하지 않았다. 통장에는 예전에 받았던 대출금을 12개월로 나눈 만큼의 돈이 매달 쌓여갔다. 재테크를 해야 한다고 생각했지만, 아내나 나나 돈

불리는 방법을 알지 못했다. 통장 안에서 원금 그대로 잠들어 있는 돈을 바라보는 게 불편했다.

"대출 갚으면서 살 때가 편했던 거 같아."

재테크 고민을 하지 않으려면 대출을 받으면 됐다. 다시 대출을 받으려면 둘 중 하나를 선택해야 했다. 더 비싼 전세금을 내야 하는 곳으로 이사하든가, 내 집 마련을 하든가.

나는 회사 근처의 전세금이 더 비싼 곳으로 옮기자고 했다. 아내는 우리가 살 집을 사자고 했다. 나는 행동이 굼뜬데, 아내는 일처리가 빠르다.

"이번 주말에 부동산에 집 보러 간다고 얘기해 놨어."

내가 전세 대출은 어느 정도 받아야 한동안 재테크 걱정을 안 할까를 생각할 때, 아내는 부동산 예약을 마쳤다.

아내를 따라가서 본 집은 교통이 좋았고, 지은 지 5년 된 25평 아파트였다. 걸어갈 수 있는 거리에 큰 공원도 있었다. 둘이 살기에 적당해 보였다. 조건이 괜찮은 대신 가격이 만만찮았다. 우리가 한도라고 생각했던 금액을 훌쩍 넘었다. 계획했던 것보다 더 많은 대출을 받아야 했다. 둘 다 평생 그렇게 비싼 무언가를 사 본 적이 없었다. 무리해서 샀는데 집값이 떨어지면 어쩌나 고민됐다.

"그냥 이 집 사자."

가격만 제외하면 모든 게 맘에 들었다. 여기서 살면 불편함이 없을 것 같았다. 10년을 살아도 괜찮을 듯싶었다.

"집값 떨어지면 평생 여기서 살자. 그럼 되지 뭐."

아내는 일 처리가 빠르지만, 난 결단이 빠르다.

집을 사면서 받은 대출금은 점점 줄어들었다. 빚 갚는 걸 최우선으로 살았다. 미니멀 라이프라며 소개되는 삶은 우리가 사는 모습과 크게 다르지 않았다. 갚을 대출금을 미리 떼 놓고 남은 돈으로 생활하니 저절로 미니멀 라이프가 됐다. 집값은 다행히 우리가 샀을 때보다 올랐다.

버는 것 없이, 10년 동안 살아가는 데 필요하다고 생각하는 3억이라는 큰돈은 지금 살고 있는 아파트를 팔면 마련할 수 있다. 직장이 없는데 굳이 비싼 수도권에서 살 이유가 없다. 지금 살고 있는 아파트를 팔고, 지방으로 내려가 저렴한 집을 새로 구하기로 했다. 그 차액이 우리가 기대하는 3억이 되어준다면 좋겠지만, 만일 안 되더라도 안 되는 만큼 좀 더 미니멀해지면 문제없을 것 같았다.

지방에 내려가 살기로 하면서 여행 스타일도 바뀌었다. 놀기 좋아 보이는 곳이 아닌, 살기 좋아 보이는 곳이 여행지가 됐다. 시간이 날 때마다 둘이 앞으로 살 만한 곳을 찾아다녔다.

"이번 달에는 통영을 가볼까?"

한 달 살기?
2년 살기는 어떨까

아내는 산을 좋아했다. 산 정상에 오르는 것뿐만 아니라, 둘레길을 걷는 것도 즐겼다. 숲에 둘러싸여 나무 향을 머금은 공기를 마시면 행복하다고 했다.

"나 녹색이 보고 싶어."

회사에서 극심한 스트레스를 받거나 일이 힘들어 지칠 때마다 아내는 녹색을 찾았다. 주말에 숲길을 걸으며 심호흡을 하면, 다음 일주일을 버틸 수 있다고 했다.

어릴 때부터 사람들이 많은 곳을 좋아하지 않았다. 사람들에게 둘러싸여 있으면 기가 빠져나가는 것 같았다. 어쩌다 강남역이나 코엑스 같은 번잡한 곳에 약속이 잡히면 집에 돌아오는 길이 평소보다 길게 느껴졌다. 모든 차가운 것을 싫어했다. 어쩌다 날씨 얘기가 나오면, 나는 종종 '0도보다는 30도를 택할래'라고 얘기했다.

더운 건 버틸 수 있지만 추위는 버틴다는 것 자체가 불가능했다. 한여름에도 따뜻한 커피를 마셨고, 수영장 물에 들어가기 위해서는 심호흡을 몇 번이고 해야 했다. 여름 내내 따뜻한 물로만 샤워했다.

"따뜻한 남쪽 나라에서 살고 싶다."

겨울만 되면 입버릇처럼 말했다.

수도권의 아파트를 팔고 지방으로 간다는 계획은 설레었다. 번잡한 서울을 떠나 푸른 산이 둘러싸인 따뜻한 남도에서 사는 건, 어쩌면 늘 원해 왔던 걸지도 모른다. 앞으로 살아갈 매일매일이 여행 같은 삶이 될 것 같았다.

그즈음부터 여행 다닐 곳은 주로 전라남도나 경상남도에서 골랐다. 여행지를 고르기 위해 '가 볼 만한 곳'을 검색할 필요가 없었다. 우리가 관심이 있는 건 '살 만한 곳'이었다. 지도 앱을 열어 전라남도나 경상남도의 한 곳을 정해 무작정 떠났다.

가장 먼저 떠오른 곳은 순천이었다. 전라남도 교통의 요지처럼 느껴졌다. 바로 옆 동네에 광양불고기가 있었고, 또 다른 옆 동네에서는 벌교꼬막을 먹을 수 있었다. 여수 밤바다를 걷고 싶을 때면 차로 30분만 가면 됐다. 순천만습지는 볼 때마다 경이로웠다. 갈대밭 사이를 걷다가 배가 고파질 때쯤 짱뚱어탕을 먹으면 좋았다. 순천

만국가정원은 연간 이용권을 끊고 매일 들려 산책을 하고 싶었다.

목포가 급격히 후보지로 치고 올라온 건 연포탕 때문이었다. 낙지탕탕이를 먹으러 간 식당에서 함께 시킨 연포탕을 한 입 먹었을 때 '세상에나'라는 말이 절로 나왔다.

"연포탕 하나만으로도 목포에서 살아 볼 가치가 있어."

유달산 아래에서 맥주 한 캔과 함께 목포 밤바다를 바라보며, 낮에 먹었던 연포탕 얘기를 했던 기억은 아직도 뚜렷하게 남아있다.

통영은 하늘이 깨끗했다. 동피랑에 올랐을 때 먼저 눈을 사로잡았던 건 바다가 아니라 하늘이었다. 미세먼지가 없는 날을 잘 택한 이유겠지만, 통영항과 작은 섬들을 품은 하늘은 통영의 첫인상을 좋게 했다. 비린 걸 싫어하는 아내가 생선국을 먹은 건 통영이 처음이었다. 맛만 본 정도가 아니라 국에 밥까지 말았다.

"도다리쑥국 생각난다."

생선과 관련된 음식 중 아내가 먼저 먹고 싶다고 하는 건 도다리쑥국이 유일하다.

어느 한 곳을 정하려는 고민이 행복하게 느껴졌다. 어느 곳을 선택하든, 설렘 속에서 살아가는 모습이 그려졌다. 파리나 로마, 바르셀로나가 그런 것처럼 서로 우위를 가려 고를 만한 것이 아니었다. 방콕이나 호찌민, 쿠알라룸푸르가 그런 것처럼 각각의 도시는 모두 저마다의 매력이 있었다.

"모두 돌아가면서 2년씩 전세로 살아볼까?"

아. 그런 방법이 있구나. 아내의 생각은 언제나 자유분방하다. 얽매일 직장이 없으니 한 곳에 굳이 정착할 필요도 없었다. 마음에 드는 곳에서 살다가 지겨워질 때 다른 곳으로 옮겨도 문제 될 게 없었다. 한 달 살기가 유행이라던데, 2년 살기는 어떨까. 어디에도 소속되어 있지 않은 삶에선, 무엇이든 가능하다.

쌓인 연금이 있어
다행이다

아내는 나보다 여섯 살이 어리다. 그러다 보니 결혼 후 둘이 함께 하는 모든 일들을 나보다 여섯 살 어린 나이에 경험한다. 내 집 마련의 꿈도 나보다 여섯 살 어린 나이에 실현했고, 은퇴를 하는 시기도 나보다 6년이나 빨랐다. 난 은퇴의 꿈을 이루기까지 원했던 마흔 살에서 6년이 더 필요했는데, 아내는 그게 본인의 꿈도 아니었으면서도 내가 꿈꾸던 마흔에 은퇴를 했다.

둘의 나이 차이만큼 아내는 연금 수령도 빠르다. 내가 퇴직연금과 개인연금을 수령할 55세가 될 때, 아내의 나이는 여전히 앞자리가 '4'이다.

"나도 연상이랑 결혼했어야 했어."

40대에 첫 연금을 받게 될 아내를 샘내면서, 하나 마나 한 실없는 소리를 한다.

직장 생활을 처음 시작한 20대 후반, 회사가 주는 월급을 받기 위해서는 회사와 거래하는 은행의 급여 통장이 필요했다. 계좌를 개설하러 간 은행의 창구 담당자분은 사회 초년생의 어리바리함을 놓치지 않았다.

"연금 저축도 가입하세요. 소득 공제 받으셔야죠. 직장인이라면 필수예요. 누구나 다 하는 거예요."

직장인이라면 누구나 다 하는 거라고 했다. 그렇다면 나도 해야 했다. 나도 이젠 직장인이니까. 매달 급여 통장에서 25만 원씩 빠져나갔다.

아내의 친한 친구는 직장이 은행이었다. 아내는 매달 실적 압박을 받는 친구가 안쓰러워 친구를 통해 연금 저축에 가입했다고 한다. 하나를 가입하고 2년이 지나, 친구의 부탁으로 다시 하나를 추가로 가입했다. 아내는 한 달에 두 번씩 연금 저축의 명목으로 통장 잔고가 줄어들었다. 친구를 위해 가입한 연금 저축을 10년 동안 내게 될 줄은 몰랐다고 했다.

"아직 은행에 다니거든. 왠지 미안해서 해지하지 못했어."

노후를 위해 매달 빠져나가는 25만 원은 일종의 세금처럼 느껴졌다. 머릿속에선 언젠가 돌려받을 내 돈이라는 생각이 들었지만, 그게 마음까지는 와닿지 않았다. 언제 올지 모를 노후보다는 당장 눈앞의 일이 더 중요한 나이였다. 그 나이엔 노후 말고도 관심을 사로잡는 일이 차고 넘쳤다. 세금으로 느껴지던 연금 저축을 그냥 해지할까 생각한 적도 있었는데, 어차피 월급은 빠져나가는 돈을 제하고라도 혼자 쓰기에 부족하지 않았고, 은행 가는 일은 언제나 귀찮았다.

회사에 다니는 연수가 늘어갈수록 퇴직금도 함께 늘어갔다. 하지만 퇴직금은 퇴사하지 않는 이상 당장 내가 만질 수 없는 돈이었다. 중간에 정산을 받아 전세금에 보탠다거나 주식에 투자하는 동료들도 있었지만, 혼자 사는 나에게 큰돈 들어갈 일은 가끔 여행을 가는 일 말고는 없었다. 며칠 휴가를 내어 다녀오는 여행 때문에 퇴직금을 깰 필요는 없었다. 급여 통장에서 다달이 잊지 않고 빠져나가던 연금 저축과 당장 손댈 수 없는 퇴직금은, 그렇게 내 관심 밖에서 차곡차곡 쌓여갔다.

퇴사를 마음먹으니 곧바로 연금에 관심이 갔다. 국민연금을 내기 시작한 이후로 21년 만에 처음으로 국민연금공단 홈페이지에 들어갔다. 10년 후인 55세부터 개인연금과 퇴직연금 수령이 가능했다. 거기에서 10년이 더 지나면 국민연금을 받을 수 있었다. 추가 납입이 가능한 개월 수도 볼 수 있었다. 대학생일 때 학원 강사 아르바이트를 잠깐 한 적이 있는데, 국민연금 최초 납부일이 그때로 잡혀 있었다. 그 후로 첫 직장을 들어가기까지 28개월이 비어있었고, 그 기간에 해당하는 만큼을 추가로 납부할 수 있었다. 고민할 필요가 없었다. 연금 수령액을 늘려야 했다. 곧바로 비어있던 28개월을 채웠다.

55세부터 연금을 받는다고 55세 이후의 삶이 해결되진 않는다. 연금만으로는 둘이 살기에 부족해 보였다. 연금 수령액은 2인 가구 최저 생계비에 미치지 못했다.

'아. 나에겐 여섯 살이나 어린 아내가 있지.'

다시 계산했다. 아내 역시 55세가 되면 아내 몫의 개인연금과 퇴직연금이 나온다. 내 연금 수령액과 합치니 2인 가구 최저 생계비를 조금 넘었다. 그때 내 나이는 61세가 된다. 61세 이후의 삶은 문제없어 보였다. 첫 연금을 받는 55세부터 아내의 연금이 더해지는 61세까지의 문제만 남았다. 아내의 나이로는 49세에서 55세까지다. 그 6년간의 보릿고개 구간을 버텨야 한다. 아내는 고생도, 나보다 기운이 좀 더 남아있을 6년 젊은 나이에 한다. 아내가 빨리 55세가 되면 좋겠다.

지금 생각해보면, 사회 초년생에게 연금 저축 가입을 권유하던 은행원과 실적 압박에 시달리던 아내 친구가 고맙다. 연금 저축으로 빠져나가지 않았더라도 어차피 그 25만 원은 무언가로 써 버려서 지금은 남아있지 않을 돈이었다. 그 돈들이 버려지지 않고 모여서 노후에 쓰일 수 있다는 게 다행이다.

퇴직금을 함부로 쓰지 못하게 묶었던 회사도 고마웠다. 쉽게 손 댈 수 있는 돈이었다면, 결혼할 때 아마도 첫 집의 전세금에 보태 서 대출을 줄였을 거다. 그렇다면 덩치가 작은 빚이 만만하게 느껴 졌을 거고, 살림살이는 지금처럼 미니멀해지지 않았을 거 같다.

퇴사를 마음먹고 나서야 노후 준비가 중요하다는 걸 알았다. 노후에 관심이 없었던 시절, 의도하지 않았던 그 선택들이 고맙게 도 노후 준비가 됐다. 다행이다.

,

이른 은퇴 준비,
부모님이란 큰 산을 넘다

　은퇴 후 살아갈 모습이 구체적으로 그려지면서, 언젠가 술자리의 친구들에게 처음으로 은퇴 계획을 말했다.

　"은퇴라고?"

　2년 가까이 아내와 함께 치열하게 고민하고 준비했던 이슈였다. 가지고 있는 집을 파는 거로 10년을 벌었고, 10년이 지난 후부터는 든든한 연금이 있었다. 은퇴 이후 살아갈 모습은 아내와 이미 그렸다가 지우고, 다시 그리기를 수도 없이 반복했다. 형태가 보이기 시작하는 은퇴 후 모습은 제법 괜찮아 보였다. 쏟아지는 질문을 받을 준비가 됐다. 기자 회견장에서 경쟁하듯 손을 드는 기자들에게 질문의 순서를 정해 주는 주인공의 모습이 떠올랐다.

　"나도 요즘 은퇴하고 싶다. 네가 먼저 해 보고 어떤지 알려줘."

　음? 그게 끝이야? 궁금한 건 없어? 질문을 안 하니 덧붙일 게 없었다. 친구들은 내 얘기를 단지 '회사 때려치우고 싶다' 정도의 신세 한탄으로 들은 듯했다. 신세 한탄이라면 술자리에서 딱히 재미있을 만한 주제가 아니다. 그치. 돈 버는 일은 너도, 나도 모두 힘들지. 그런 우울한 얘기는 접고, 이렇게 술이나 한잔하면서 스트레스 푸는 거지. 나의 은퇴 선언은 술자리의 폭탄이 될 줄 알았지만, 폭탄은 터지지 않았다.

다른 술자리에서는 한두 가지 질문이 나오긴 했다.

"로또 당첨된 거야?"

"매일 놀면 심심하지 않겠냐?"

질문의 수준이 왜 이런 거야. 기대했던 질문이 아니었다. 진지하게 앞으로 살아갈 인생에 관해 얘기하려는데, 이런 일차원적인 질문들 뿐이라니. 이런 것들을 친구라고 지금껏 만나고 있었구나. 그래 그냥 술이나 마시자.

부모님은 술자리의 친구들과는 다르다. 설득해야 했고 동의를 받아야 했다. 왜 이런 생각을 했으며, 둘 다 고민한 시간은 충분했는지, 준비는 어떻게 하고 있고, 앞으로 어떻게 살아갈지에 대한 계획을 말씀드려야 했다. 조금 걱정되긴 했지만 차분하고 믿음직스러운 톤으로 내 생각을 상대방에게 납득시키는 건 회사에서 늘 상 하는 일이었다.

우리 집이 먼저였다.

"주말에 점심 먹으러 와. 반찬도 좀 가져가고."

은퇴를 말씀드릴 시기를 재고 있었는데, 마침 엄마에게 연락이
왔다. 미리 전화로 은퇴 얘기를 말씀드릴 필요는 없었다. 밥을 다
먹고 난 후, 배가 불러 마음도 함께 넉넉해졌을 때를 노리기로 마
음먹었다.

식사 후 후식으로 깎은 참외를 앞에 두고, 은퇴 계획을 말씀드
렸다. 뜻밖의 말에 놀라시던 엄마는 중간에 몇 번 내 말을 끊고 궁
금한 걸 물어보셨다. 모두 예상 질문 범위 내에 있어서 답변이 어
렵지 않았다. 얘기가 끝나자 기 싸움이 시작됐다.

"아무 소리 말고 50살까지만 다녀."

50살이면, 4년을 더 회사에 다녀야 했다. 그럴 수는 없다. 최근
몸 상태가 안 좋았다는 생각이 났다. 실제보다 더 부풀렸다.

"나 회사 다니면서 건강 다 해쳤어."

아들의 건강이 나빠졌다는 말에 약간 주춤하셨다. 목소리가 살
짝 부드러워지셨다.

"돈 없이 어떻게 살려고 그래."

허풍도 필요했다.

"평생 쓰면서 살 돈 다 모았어."

물론 거짓말이었다. 집을 팔더라도 우린 길어야 10년 쓸 돈밖에 없었다. 이후 아내와 나 둘 다 연금을 받을 나이가 되기까지 6년간의 보릿고개 기간을 버텨야 한다.

"잔말 말고 50살까지는 더 다녀."

허풍이란 걸 눈치채셨는지 다시 단호해지셨다. 차분하고 믿음직스러운 톤은 회사에서나 필요했다. 엄마에게는 죄송스럽지만, 우리 집에선 이 방법이 최선이다.

"이미 회사에 그만둔다고 얘기했어."

물 엎지르기.

처가 부모님은 아내가 맡기로 했다. 기 싸움을 벌여야 했던 우리 집과는 분위기가 달랐다. 딸만 둘 키우신 장모님은 아들만 둘 키워내신 우리 엄마와는 다르셨다.

"나는 네가 행복했으면 좋겠다…."

장모님은 쓸쓸한 표정을 지으시며 감성을 자극하셨다.

"여행도 맘껏 다니고, 사고 싶은 거 다 사면서 행복했으면 해…."

당신이 바라시는 단 한 가지가 바로 우리의 행복이라고 하셨다. 다른 것도 아닌 돈 때문에 막내딸이 하고 싶은 것, 먹고 싶은 것을 주저하게 된다면 마음이 많이 아플 거라고 하셨다.

장모님의 말씀을 듣고 있는 것만으로 내 가슴이 아팠다. 장모님의 진심이 느껴졌다. 굳게 결심했던 게 조금 흔들렸다. 하지만 아내는 흔들리지 않았다. 아내는 이미 40년 동안 장모님을 상대해 왔다.

"엄마. 나 행복해지려고 회사 그만두는 거야."

아내의 표정은 장모님보다 더 애잔했다.

어려울 거라고 생각하지는 않았다. 둘 다 막내였다. 자식에 대한 기대는 장남과 장녀가 먼저 가져갔었다. 형과 언니는 자라면서, 자식에 대한 기대는 작을수록 좋다는 걸 여러 번 학습시켰다. 아내와 나는 그렇게 앞서서 길을 닦은 형과 언니 덕에, 그들보다는 조금 더 우리 뜻대로 자랄 수 있었고, 삶을 조금 더 우리의 의지대로 선택할 수 있었다.

자식이 주는 충격이라면 부모님은 평생 익숙해지지 않으실 거다. 다 큰 자식이라고 걱정이 줄어든다거나 하지도 않으실 거다. 앞으로도 계속 우리가 사는 모습을 지켜보실 거다. 늘 행복한 모습을 보여드려야 한다. 부모이면서도, 자식이 한 어리석은 선택을 끝내 말리지 못해 자식이 불행해졌다는 죄책감을 드리면 안 된다.

그런데 이것도 그리 어려울 거라고 생각하지는 않는다. 아내와 함께 은퇴를 고민하고, 결심하고, 준비했던 모든 과정이 행복하고 설레었다. 분명 앞으로 우리가 예상 못했던 어려움에 수없이 부딪히겠지만, 별걱정은 없다. 어차피 산다는 건 원래 그래 왔으니까.

24시간이란 시간은
생각보다 길었다

회사를 그만두자 아내는 바로 용돈을 10만 원으로 줄였다.

"이제 생활비가 부족할 테니 더 이상은 안 돼."

친구 두세 번 만나면 없어질 돈이었다. 대학생 때도 용돈이 10만 원보다 많았던 것 같았지만, 어쩔 수 없었다. 아내도 은퇴를 하면 10만 원으로 한 달을 지내겠다고 했다.

아내는 두어 달에 한 번 정도는 뿌리 염색을 위해 미용실에 갔다. 어쩔 수 없어 가긴 하지만, 아내는 미용실 가는 걸 아까워했다. 이제 둘 다 돈을 못 벌 테니 내가 자신의 뿌리 염색을 해 주길 바랐다. 기회였다. 이걸로 용돈을 늘리기로 마음먹었다. 아내에겐 나와 같은 10만 원의 용돈이 있었다. 공짜로는 못 하겠다고 했다.

"얼마면 돼!"

뿌리 염색을 하는데 대략 30분 정도가 걸렸다. 최저 시급을 고려했다.

"5,000원!"

"콜!"

흥정이 들어갈 줄 알았는데, 아내는 서둘러 계약을 마쳤다. 내가 너무 싸게 부른 건가. 미용실에서는 얼마를 받길래. 조금 더 질러볼 걸 그랬나.

2년 전, 〈숲속의 작은 집〉이라는 예능 프로가 있었다. '미니멀 라이프', '오프그리드(off-grid)'라는 말들을 소개하면서 소지섭과 박신혜를 내세웠다. 가스나 수도, 전기가 없는 숲속의 작은 집에서 불편을 친구 삼아 생활하고, 그 안에서 행복을 찾아보려 했다. '계곡의 물소리 듣기'나 '3시간 동안 식사하기', '휴대폰 끄고 생활하기' 같은 것들이 그곳에서 할 수 있는 전부였고, 그런 것들로 긴 하루를 채웠다. 자연 속에 고립되어 소소한 행복을 찾아보는 일상. 그 예능은 스스로 '자발적 고립 다큐멘터리'라는 타이틀을 달았다.

회사 생활로 꽤나 지쳐 있었던 때였다. 다행히 그즈음에 한 달을 쉴 수 있는 안식 휴가가 있었다. 12년 일하고 받은 보상이었다. 어디든 떠나고 싶었다. 한 달 동안 다닐 여행지를 찾고 있었는데, 그 예능 프로를 보고 단번에 마음을 정했다. 아무것도 하지 않는 여행.

"나 심심해지고 싶어. 아무것도 하지 않는 여행을 갈 거야."

번잡하지 않을 것 같은 치앙마이가 '자발적 고립'이 되기에 좋아 보였다. 아내는 짧게 며칠만 휴가를 내고, 여행의 초반을 함께 하기로 했다. 치앙마이에서 구경할 만한 곳은 아내와 함께 있을 때 모두 돌아보기로 했다. 아내가 한국으로 돌아가면, 홀로 '숲속의 작은 집'살이를 시작하기로 했다.

하루하루가 단순했다. 운동과 책 읽기, 동네 산책이 하루 일과의 전부였다. 중간중간 멍 때리는 시간도 가져보았다. 처음 경험해보는 단순한 삶이었다. 단조로운 일상에서는 시간이 느리게 흘렀다. 지칠 때까지 운동을 하고, 눈이 아플 때까지 책을 읽고, 동네를 몇 바퀴나 돌아도 해는 지지 않았다. 점점 남는 시간이 부담스럽게 느껴졌다. 하루는 생각보다 훨씬 길었고, 그런 단조롭고 심심한 일상은 일주일이 한계였다.

'숲속의 작은 집'살이는 나와 맞지 않았다. 소소한 행복을 찾기가 힘들었다. 주어진 시간을 무언가를 하면서 채우는 게 좋겠다는 생각이 들었다. 그 무언가를 모두 돈 쓰는 일들로 채우기로 했다. 아침마다 요가를 하기 시작했고, 1대 1 원어민 영어 수업을 들었고, 5일간 30시간을 들여 타이 마사지를 배웠다. 거기에 이미 하고 있던 운동, 책 읽기, 동네 산책을 더하니 다시 하루가 짧아졌다.

살아오면서, 언제나 내 시간의 대부분을 가져가는 대상이 있었다. 어릴 땐 학교가 그랬고, 커서는 회사가 그랬다. 학교나 회사가 먼저 차지하고 남은 것만 내 시간이 되는 삶을 40년 넘게 살아왔다. 온전히 하루를 내 시간으로만 채우는 삶은 해 본 적이 없다. 24시간이란 시간은 생각보다 길었다. 하루하루를 심심하지 않게 채워 나갈 것들의 준비가 필요했다. 치앙마이에서 보냈던 한 달의 시간은, 은퇴를 하기 전 좋은 예행연습이 되었다.

그나저나. 치앙마이에서 배워온 타이 마사지도 부족한 용돈을 채워 줄 수단으로 사용했다. 아내는 마사지 받는 걸 좋아했다.

"얼마면 돼!"

해외 유학으로 배워온 고급 기술이었다. 시간도 1시간 30분 정도가 걸린다. 하지만 유학파 출신이라 하더라도, 손님은 아내밖에 없었고, 아내도 그 사실을 잘 안다. 흥정에 불리했다.

"10,000원!"

"콜!"

흠. 조금 더 질러볼 걸 그랬나.

아내도 은퇴를 하면, 식탁에 메뉴판을 하나 붙일 생각이다. 나보다는 아내가 더 좋아하는 음식들, 이를테면 가지구이나 감자전, 도토리묵무침 등으로 메뉴를 채워 넣으면 주문이 들어올 가능성이 있다. 최근엔 라타투이나 토르티야 얘기를 하던데. 한 번도 해 본 적은 없지만 그것도 메뉴에 넣어 볼 생각이다. 재료야 전부 생활비로 살 테고, 난 요리만 할 테니 가격을 많이 부르지는 못하겠지만, 이번엔 흥정을 잘해야 한다.

캐리어 하나로
이동하는 삶

집에 있는 가구들과 전자제품들은 결혼 전 각자 쓰던 오래된 것들이다. 독립생활을 5년 정도 했고, 이제 결혼한 지 5년이 지났으니, 집에 있는 물건들은 대부분 10년을 넘어간다. 혼자 살 때 구입한 것들이어서 비싸지 않은 것들이고 충분히 크지도 않지만, 둘의 살림살이로는 적당하다.

다른 것들은 각자 독립생활을 시작하면서 구입한 것인데, 냉장고는 그것들보다 나이가 많다. 20살쯤 됐으려나. 아내가 독립할 때즈음 장모님이 냉장고를 교체했는데, 그때 밀려난 냉장고를 아내가 가지고 나왔다. 아내는 요즘 들어서 냉장고를 바꾸고 싶어 한다.

"냉장고 사줘. 저거 너무 이쁘지 않아?"

요즘 나오는 냉장고들은 왜 그렇게 다들 이쁘고 세련됐는지. 하지만 새로 구입하기엔 지금 냉장고의 성능이 아직 너무 좋다. 아내도 우리가 냉장고를 새로 살 리가 없다는 걸 잘 안다.

고장이 아닌, 오래되고 유행이 지난 디자인이라는 이유로 가구나 전자제품을 바꾸지 않기로 아내와 얘기했었다. 소중히 다루어서 오래오래 쓰자는 건 아니다. 그들의 수명은 아마 앞으로 3년, 아내가 은퇴를 하고 모아놓은 돈이 다 떨어지게 될, 그래서 집을 팔아 생활비를 마련해야 하는 3년 후, 지금 가지고 있는 살림살이들을 모두 처분하기로 했다. 그렇게 집도 없고 살림살이도 없는 홀가분한 몸이 되어 남도의 여러 도시를 돌아다니며 2년씩 살아보기로 했다.

첫 2년 살기의 도시가 어디가 될지는 아직 정하지 못했지만, 집은 오피스텔을 알아보기로 했다.

"풀 옵션이어야 해. 우린 떠돌이가 될 거니까."

전세 2년 계약이 끝날 때마다 다른 도시로 떠날 수도 있고, 아니면 물가가 저렴한 동남아에서 몇 달을 살지도 모른다. 가진 게 없어야 움직임이 자유롭다. 각자 캐리어 하나씩만 가지고 이동할 수 있는 상태를 유지하기로 했다.

처음엔 원룸을 생각했었다. 둘 다 공간에 대한 욕심이 없었다. 살게 될 공간이 넓을수록 전세금이 비싸진다는 것도 이유가 됐다.

"근데, 우리 나중에 부부 싸움하면 각방 써야 하지 않겠어?"

아내는 계획에 빈틈이 없다. 발생할 수 있는 경우의 수를 따져 미리 준비를 한다.

"그러네. 그럼 분리형 원룸으로 하자. 거실 하나 방 하나 있는."

각방을 써야 할 경우를 대비해 주거비를 조금 더 늘리기로 했다. 각방을 써야 할 때, 누가 침대가 있는 방을 차지하느냐의 중요한 문제는 아직 남아있다.

떠돌이 생활을 하기로 한 10년 정도의 기간 동안, 우리가 가구나 가전제품을 사는 일은 없을 듯하다. 몇 년 후, 우리가 어느 나라, 어느 도시에 있게 될지는 아직 모른다. 오늘 하는 생각은 어제 했던 것과 다르고, 내일은 지금까지 했던 생각들이 다시 모이고 섞여서 새로운 무언가를 빚어낼 거다. 변덕스러워도 상관없다. 그래도 되니까.

어릴 때부터 고양이를 키우고 싶었다. 길을 걷다 보이는 길고양이는 언제나 내 걸음을 멈추게 했다. 근처에 편의점이라도 있으면 언제나 소시지 하나를 샀다. 내가 가끔 아쿠아리움을 가는 이유는 거북이를 보기 위해서다. 몇십 분을 거북이만 바라보고 있어도 지루하지가 않다. 스쿠버다이빙을 하게 된 것도 거북이의 영향이 크다. 이유는 잘 모르겠지만, 고양이와 거북이는 나를 끌어당긴다. 아. 그런 존재가 하나 더 있다. 아내.

나중에 우리가 어딘가에 정착을 하게 될 때, 고양이를 키우기로 했다. 거북이도 키우고 싶긴 한데, 그건 우리 능력을 벗어난다. 거북이는 가끔씩 아쿠아리움에서 보는 거로 만족하기로 했다. 마음 같아선 당장 고양이의 집사가 되고 싶지만, 아직 조금은 참아야 한다. 우린 한동안 캐리어 하나씩만 들고 떠돌아다녀야 하니까.

2014년부터 원했던 삶을
지금 살고 있어

5월부터 회사에 다니지 않았으니, 이제 석 달 정도의 시간을 온전히 나의 시간으로 채우고 있다. 오전엔 근처 공원에서 달리기와 영어 공부를 한다. 오후가 되면 그림을 그리고, 기타 연습을 하고, 책을 읽거나 글을 쓴다. 가끔 연락 오는 친구들은 일 안 하는 하루하루를 어떻게 보내고 있는지 궁금해한다.

"나 엄청 바빠. 할 게 너무 많아."

대충 나의 하루 일과를 얘기해 주더라도 그게 바쁜 일상인지 직장인인 친구들은 잘 이해하지 못한다.

아내는 가끔 내가 관심 있을 만한 뉴스 링크를 카톡으로 보내준다.

"이거 봤어?"

모두 안 본 것들이다. 회사에 다닐 때는 일하다 딴짓을 많이 하는 내가 뉴스 링크를 던졌었다. 하지만 요즘은 시간을 때우려는 이유로 핸드폰을 열지 않는다. 회사를 그만두고 나서는 아내에게 던질 게 없다.

아내의 마지막 출근 예정일은 9월 21일이다. 회사에서 쉽게 놓아주지 않아 계획했던 것보다 두 달 정도 늦어졌다. 아내가 퇴사하려는 이유가 은퇴라는 걸 회사는 쉬이 믿지 않았다. 혹여나 다른 회사로 이직하려는 게 아닐까 의심해 아내의 퇴사를 허용하지 않았다. 대신 휴직의 형태로 잠깐만 놓아주기로 했다.

새삼 아내가 달리 보인다. 젓가락으로 깻잎 한 장 떼어내는 걸 힘들어하고, 아이처럼 먹을 때마다 옷에 흘린다. 설거지를 하면 하는 김에 빨래도 하는 건지 옷이 다 젖어있고, 청소기를 돌리면 힘쓰는 요령을 몰라 손에 물집이 잡힌다. 그래서 잠시 잊고 있었다. 손이 많이 가는 아내지만, 회사 일 하나는 누구보다 잘한다.

가족들도 퇴사가 아닌 휴직을 반겼다. 장모님은 회사가 막내딸을 놓아주지 않는 모양새를 뿌듯해하셨다. 그리고 몇 달 휴직 기간 동안 혹시라도 마음이 바뀌어 다시 회사로 돌아갈지도 모른다는 기대를 가지신다. 엄마도 덩달아 기뻐하신다. 휴직 기간이 끝나 아내가 회사에 복직하면 철없는 아들이 아내 눈치가 보여서라도 집에서 마냥 빈둥거리진 않을 거라는 희망을 가지신다. 나도 잠시 아내의 복직에 기대와 희망이 들긴 했지만, 곧 내려놓았다. 한번 하겠다고 마음먹으면 끝내 하고 마는 아내의 성격을 잘 안다.

주말은 회사를 제외한 모든 곳이 붐빈다. 가까운 교외에 나가려 해도 고속도로부터 북적거린다. 주말엔 마트 주차장도 자리를 찾기가 힘들다. 아내도 회사로부터 자유로워지면 움직이는 건 모두 평일에 하기로 했다.

붐비지 않은 평일에 가면 좋을 곳들의 각종 연간 회원권을 알아봤다. 가장 먼저 떠오른 건 집에서 차로 20분이면 갈 수 있는 에버랜드였다. 멀지 않고 산책하기에 좋아 아내와 몇 번 갔었다. 아이들의 놀이터를 침범하는 것 같아 좀 그렇지만, 나이가 들어도 즐거운 건 늘 좋다. 평일만 이용할 수 있는 연간 회원권이 14만 원이었다.

"매주 소풍 가는 거 어때?"

일주일에 한 번씩 직접 만든 도시락과 바닥에 깔 돗자리를 챙겨 소풍을 가기로 했다. 책도 읽고 하늘도 보면서 나른하게 시간을 보내다 지루해지면 범퍼카나 회전목마를 한 번씩 타기로 했다. 바이킹이나 롤러코스터는 겁이 많아서 탈 리가 없다. 여름에 판다가 새끼를 낳았다던데. 아기 판다의 모습도 궁금하다.

프로 야구 평일 시즌권은 너무 비쌌다. 1년 동안 38경기를 관람

하는데, 50만 원이 넘었다. 그 가격이 아깝지 않으려면 거의 모든 경기를 놓치지 않고 찾아가야 했다. 아내와 내가 야구를 좋아하기는 하지만 모든 경기를 보러 갈 만큼 그렇게 부지런하진 않다. 무엇보다 둘이 합쳐 100만 원이 넘는 돈은 사치다. 차라리 그 돈으로 집에서도 생동감을 느낄 수 있도록 큰 TV를 사는 게 나을 것 같았다. 이건 패스.

12월이면 집에서 걸어갈 수 있는 거리에 아쿠아리움이 생긴다. 아직 오픈 전이어서 연간 회원권이 얼마일지 모르지만, 내가 알기로 아쿠아리움의 연간 회원권은 싸다. 10만 원이 넘지 않는다. 이벤트 기간을 놓치지 않으면 더 싸게 살 수 있다.

"거북이가 꼭 있어야 할 텐데."

잠실 롯데월드 아쿠아리움에는 거북이가 없다. 거북이가 없는 아쿠아리움이라니 말이 되나. 새로 생기는 아쿠아리움에도 거북이가 없다면 연간 회원권은 고민을 좀 할 것 같다.

회사에 다닐 때는 주말에 출근하고 평일에 쉬면 좋겠다고 생각했었다. 가보고 싶은 곳은 많은데, 그런 곳들을 원하는 건 남들도 마찬가지였고, 남들이나 나나 주말밖에는 시간이 안 됐다. 한 번 다녀오려면 사람들 사이를 헤집고 다닐 마음의 준비가 필요했다. 지레 겁을 먹고 시도조차 안 해 본 곳들이, 퇴사를 하면서 이제는 만만하다. 넉넉지 않을 생활비에서 여행비를 뽑아내야 하지만 시간만큼은 자유롭다.

가을에는 내장산으로 단풍을, 봄에는 광양으로 매화를 보러 갈 계획을 세운다. 주말밖에 시간이 안 되던 때에는 감히 엄두도 내지 못했다. 직장 생활 20년 가까이 누리지 못했던 것들을 하나씩 해 보기로 했다.

"우리 엄청 바쁘겠다."

책상 정리를 하던 중에 회사에 다닐 때 쓰던 노트를 발견했다. 일기처럼 이것저것 생각나는 대로 적던 노트였다. 반가운 마음이 들었다. 그땐 어떤 생각을 하며 살았을까.

2014년 1월에 쓴 글이 눈에 띄었다. 출근하기 전 아침 시간과 퇴근 후 저녁 시간에 하고 싶은 것들에 대한 간단한 메모였다. 물론 글로만 적었었고, 실천한 기억은 없다. 아침마다 달리기, 도서관에서 책 읽기, 그림 그리기, 영어 공부, 블로그에 글쓰기. 그때도 이런 것들이 하고 싶었구나. 웃음이 나왔다. 아내에게 사진을 찍어 보냈다.

"나 2014년부터 원했던 삶을 지금 살고 있어."

14. 1. 2

- 영상 보내기, 라디오.
- 술 먹기
- 그림 연습. 간단한 영어 공부.
- 은조근 스 생각후. 운동하기

PM 6 - PM 12

그림그리기
공부. 영화보기?

AM 7 - AM 10

일어나기.
라디오

"1A 산야드기"
상면서 이후의
계획세워

Part 04

조금씩
아내를 닮아간다

모두 내가 앞으로도 평생 할 수 있는 것들이다.
관심을 갖는 것, 지켜보는 것, 집중하는 것, 함께하는 것.

,

평생
해 줄 수 있는 것만 할래

아내와 난 결혼기념일을 챙기지 않는다. 그날은 보통의 여느 날과 다르지 않다. 결혼 후 처음 맞았던 결혼기념일 날, 나는 회식이었고 아내는 야근을 했다. 지금까지 5번의 결혼기념일을 보냈는데, 기억으로는 저녁을 딱 한 번 함께했다. 동네 고깃집에서 삼겹살을 먹었고, '그래도 기념일이니까' 하며 소주를 곁들었다. 기념은 하지 않지만, 그 날짜를 그냥 버려두기는 뭐해서 집 현관문의 비번으로 살려두었다.

크리스마스도 큰 의미를 두지 않고 흘려보낸다. 우린 그날을 사람이 너무 많아 거리가 붐비는 날, 밖에 나가면 고생하는 날, 그냥 동네 산책하는 게 나은 날로 여긴다.

"이번 크리스마스 때 어떤 이벤트를 하기로 했어요?"

크리스마스가 가까워지면 회사 사람들은 서로에게서 이벤트의 아이디어를 찾았다. 다른 사람의 지난 크리스마스 이벤트 이력을 뒤졌다. 작년에 했던 이벤트가 반응이 좋았다며 추천하기도 했다. 이런 대화에서는 내가 끼어 보태줄 말이 없어 가만히 있었다.

아내와 나의 생일은 서로 가깝고 여행하기 좋은 봄날이다. 그래서 그때쯤이면 여행 준비를 한다. 2박 3일 정도의 일정으로만 계획해도 둘의 생일을 여행 기간 안에 넣을 수 있다. 어쩌다 보니 생일 여행은 연애 초기부터 지금까지 한 해도 빠지지 않고 다니고 있다. 이 여행이 우리가 유일하게 특정일을 기념하는 이벤트이다.

연애 초반, 우린 서로 전화나 문자를 자주 하지 않았다. 난 얼굴을 보지 않으며 대화하는 게 불편했고, 그때마다 아내에게 그 어색함을 숨기지 않았다. 차 문을 대신 열어주지 않았고, 공원 벤치의 먼지를 털어주지 않았다. 아내 스스로도 할 수 있는 걸 내가 대신해 주려 하지 않았다.

연애 100일, 200일을 세지 않았다. 이벤트를 준비해서 기념하는 어떤 것도 하지 않으려 했다. 그 숫자 세기를 언제까지 해야 하는 건지도 몰랐고, 1000일쯤 되면, 아니 어쩌면 그보다도 훨씬 더 빨리 다가오는 기념일이 부담으로 느껴질 것 같은 게 싫었다. 아내와 만나는 건 항상 즐거웠으면 했다.

만나고 헤어질 때 집 앞까지 데려다준 적도 없었다. 늘 서로의 중간쯤 되는 거리에서 인사했다. 아내가 친구를 만나거나 회식으로 시간이 늦어지더라도, 집에 들어갈 때까지 기다리지 않았다.

"잘 놀다 들어가. 난 이만 잘게."

여태껏 서른이 될 때까지 아내는 혼자 잘해 왔는데, 연인이 되었다고 귀갓길을 걱정하며 기다리는 게 무슨 의미가 있나 싶었다. 아내가 서운하게 생각했을 수도 있다. 아닌 게 아니라 서운했겠지. 연애 초반인데. 자신을 대하는 모습으로는 이미 연애 10년 차 정도 된 것 같아 당황했을지도 모른다.

나중에 시간이 지나 활활 타올랐던 감정이 안정적인 따뜻함으로 바뀌었을 때, 아내에게서

'변했어. 예전엔 안 그랬는데.'

라는 말을 듣고 싶지 않았다. 아내에게 늘 한결같아서 안정적인 사람이었으면 했다. 연애 초반이라고, 모난 걸 숨기며 괜찮은 사람인 척하는 걸 내가 평생 유지할 수 없다면, 처음부터 하지 않는 게 맞다고 생각했다.

"내가 평생 해 줄 수 있는 것만 할래."

나중에 10년이나 20년이 지나더라도 내가 계속 너에게 해 줄 자신 있는 것들만 할 거야.

이따금 분위기가 좋고 값비싼 식당을 가자고 하는 건 크리스마스나 결혼기념일이어서가 아니다.

"날씨가 맑아 하늘이 예쁘니까."

어쩌다 선물을 사는 건 아내의 생일이기 때문이 아니다.

"지나가다 봤는데 너랑 잘 어울릴 것 같아서."

집에서 무언가를 하고 있을 때 아내의 목소리가 들리면, 하던 걸 멈추고 아내와 눈을 맞춘다. 늦은 밤, 아내가 먼저 졸려 하면 손을 붙들고 침대로 데리고 가서 눕히고, 이불을 덮어준다. 집 안 어딘가에서 달그락거리는 소리라도 들리면 무얼 하고 있는 건지 궁금해 한다. 여행 중, 나보다 조금 먼저 지치고 조금 앞서 배고파지는 아내의 속도에 맞추기 위해 수시로 아내의 표정을 살핀다.

내게 그리 어려운 일이 아니다. 모두 내가 앞으로도 평생 할 수 있는 것들이다. 관심을 갖는 것, 지켜보는 것, 집중하는 것, 함께하는 것. 식당을 갔을 때나 집에서 밥을 먹을 때, 늘 옷에 음식을 흘리는 아내를 위해 앞접시를 잊지 않고 챙긴다. 아마 이것도 아내의 젓가락질이 능숙해지지 않는 한, 내가 평생 해야 할 일일 거다.

난
괜찮지 않아

    사는 곳이 서울이 아닌 수도권이면 대중교통의 영향을 크게 받는다. 버스나 지하철이 닿는 강남이나 을지로는 그나마 괜찮은데, 그 외의 지역, 그러니까 여의도나 신촌, 혜화 같은 곳은 집으로 오는 데만 2시간이 넘게 걸린다. 그런 곳들은 우리에게 강원도나 충청도만큼 먼 곳이다.

    아내는 가끔 퇴근 후 약속이 잡힐 때가 있다. 약속 장소가 광역버스의 발길이 닿는 곳이면 다행이지만, 그렇지 않은 곳일 때도 있다. 심리적으로 강원도나 충청도처럼 느껴지는 곳에 약속이 잡히면 아내가 집으로 돌아올 2시간의 여정이 내 일처럼 불편하다.

    "사람들과 헤어질 시간 알려주면 차로 데리러 갈게."

    "와주면 난 편하고 좋은데, 당신 피곤하지 않아?"

    이렇게 묻는 아내에게 '난 괜찮아. 피곤하지 않아'라고 하지 않는다. 그렇게 말하면 아내의 마음이 조금 편하겠지만, 그러지 않는다.

"완전 피곤하지. 지쳐서 집에서 꼼짝도 못 하겠는데도 불구하고 데리러 가는 거야."

형은 어릴 때부터 시력이 좋지 않았다. 안경이 없으면 바로 앞에 있는 사람의 얼굴도 알아보지 못했다. 입고 있는 옷 색깔로 간신히 구분하곤 했다. 함께 목욕탕이라도 가면, 형은 나를 절대로 찾아내지 못했다. 안경 없이는 생활이 불가능한 형이 안쓰러웠다. 하지만 형이 시력으로 군 면제 판정을 받고, 내 몸은 군대 가기에 최적의 상태라는 걸 알게 되면서부터는 형이 나를 안쓰러워하기 시작했다.

아들을 처음 군대에 보낸 엄마는 걱정이 많으셨다. 일주일에 한 번, 집으로의 전화 통화가 허락될 때마다 엄마의 걱정을 덜어드려야 했다.

"엄마 난 진짜 편해. 행정병이라 하루 종일 컴퓨터 앞에 앉아있어."

맡은 보직이 힘들다거나 훈련이 괴로워서 탈영하는 군인은 없다. 심하면 자살에 이르기도 하는 대부분의 문제는, 내무반에서 일어나는 선임병과 후임병의 관계 때문이다. 나도 여기에서 벗어날 수는 없었고, 하루하루가 지옥이었다. 엄마에게 내가 있는 곳이 지옥이라는 얘기를 할 수 없었다. 전화로 얘기하는 목소리의 톤을 늘 밝게 높였다.

"우린 훈련도 거의 없어. 여름엔 에어컨 나오고 겨울엔 히터 나오는 사무실에서 일해."

제대 후 몇 년이 지나고, 어쩌다 엄마가 내 군대 얘기를 친척들에게 하시는 걸 들은 적이 있다.

"우리 막내는 군대 다녀왔다고 하기도 뭐 해. 너무 편하게 있다 와서, 내가 어디 가서 말도 못 꺼낸다니까."

뒤통수를 세게 얻어맞는 게 이런 느낌인 건지. 난 지옥을 다녀왔는데. 탈영만 수천 번을 넘게 생각했는데. 제대하고도 한동안 불면증과 우울증에 시달렸는데. 엄마는 그 지옥을 '말 꺼내기도 민망한, 너무 편한 곳'으로 알고 계셨다.

어릴 시절부터 힘든 일이 생길 때마다 가장 먼저 하던 말이 있다.

"난 괜찮아."

내가 괜찮지 않다고 말할 때 상대방이 하게 될 걱정이 싫었다. 나만 참으면 상대방의 마음이 불편할 일이 없었다. 아프더라도 최대한 참았고, 힘들더라도 상대방을 바라보면서 웃었다. 힘들지 않은 척, 아무렇지 않은 척, 괜찮은 척하는 건 내가 가장 자신 있는 일이었고, 어린 나이엔 그게 상대방을 배려하는 거라고 생각했었다.

실패했던 몇 번의 연애의 끝은 보통 이런 말과 함께였다.

"네가 그렇게 생각하고 있는 줄 몰랐어."

괜찮은 척하는 건 상대방에게 나를 감추는 일이 되었다. 시간이 지나도 상대방은 나에 대해 잘 알지 못했다. 내가 생각했던 배려는 어쩌면 솔직하지 못함이었고, 그것이 상대를 속이는 일이라는 걸 몰랐다. '척'을 하며 숨긴 건 나였으면서도, 나의 마음을 알아주지 못하는 상대를 원망했다.

말을 하지 않으면 상대는 알지 못한다. 내가 말하지 않은 힘듦을, 사람들은 굳이 찾아내어 보려 하지 않는다. 사람들은 내가 보여주는 만큼만 나를 보고, 내가 말하는 만큼만 나를 안다. 말하지 않아도 알아주길 바라는 건 욕심이다. 난 그런 욕심을 버리지도 않은 채, 괜찮다고만 외치며 살았다.

이제는 괜찮지 않은 건 괜찮지 않다고 분명하게 말한다. 아내가 원해서 간 식당이 마음에 들지 않으면 숨기지 않고 그 식당의 흉을 본다.

"여긴 실패다. 맛은 평범한데 비싸기만 하네."

연애 초기에 아내는 식당이 별로인 게, 마치 자신의 책임인 것처럼 미안해했다. 내가 하는 불평이 자신을 향한 것이라고 생각했는지 모른다. 이제는 아내도 그게 본인이 책임질 일이 아니고, 불평의

방향이 식당이라는 것을 잘 안다.

"그러네. 여긴 또 오진 않겠다."

아내가 선물로 사다 준 옷이 마음에 들지 않으면 입지 않는다. 아내가 해 준 음식이 내 입맛에 맞지 않는데도 맛있는 척하지 않는다. 아내가 서운해할까 봐 괜찮지 않은 걸 괜찮다고 하지 않는다. 내가 괜찮지 않다는 걸 아내에게 말하는 것이 대화이고 소통이다. 나를 감추지 않고 그대로 보여주는 것이 서로를 더 가깝게 하는 것이라고 믿는다.

조금씩
아내를 닮아간다

나는 내 사람이라고 생각하는 이에게만 친절하다. 식당에서, 또는 백화점, 은행 등에서 일하시는 분들을 대할 때는 필요한 용건만 간단히 할 뿐이다. 나중에 다시 보지 않을 사람에게 굳이 웃음을 보이지 않는다. 일 때문에 추후 다시 봐야 하는 사람이더라도, 그에 대한 나의 감정이 호감인지 악감정인지를 숨기지 못한다. 그 때문인지, 내 주변 사람들이 나를 대하는 태도는 두 가지로 명확하게 갈렸다. 중간은 없었다. 든든한 내 편이거나 나를 싫어하는 적. 사람들에게 가장 많이 들었던 내 성격은 까칠함, 예민함이었다.

아내는 만나는 모두에게 친절하다. 한번 보고 말 사이, 스치는 사람들에게도 웃음으로 대한다. 나와는 다르다. 친절함은 보기에 좋아 상관없지만, 아내가 이해 안 되는 점도 있다. 아내는 본인의 잘못이 아닌 일에도 늘 먼저 미안하다고 말한다.

함께 인도를 걸을 때였다. 뒤에서 인도를 질주하던 자전거가 거칠게 '따르릉' 벨을 울렸다.

"아. 죄송합니다."

아내의 사과가 불편했다. 내 안의 까칠함이 아내에게 향했다.

"네가 미안할 일이 아니야. 인도를 달리는 자전거가 잘못된 거야."

늘 먼저 미안하다고 말하는 아내가 도대체 이해되지 않았다.

결혼 후 마련한 신혼집은 전세였다. 모아놓은 돈이 부족해 대출을 받아야 했다. 다들 그렇게 시작한다고 하지만, 빚이 있다는 게 불편했다. 씀씀이를 줄이고, 빚을 없애 나갔다. 사고 싶은 것을 미루고 갖고 싶은 것을 줄였다. 가난을 농담처럼 말했다.

"결혼하고 둘이 버는데, 혼자 벌 때보다 더 가난하게 살아."

최소한의 소비만 하고 살면서 빚은 점점 줄어들었고, 전세 계약 기간이 끝날 즈음에는 빚을 다 갚을 수 있었다. 빚을 다 갚고 보니, 아파트 전세금만큼 우리 자산이 늘어 있었다. 뿌듯했다. 돈 불리는 법을 모르는 우리에게는 이것이 가장 확실한 재테크처럼 느껴졌다. 빚을 갚으면서 아껴 사는 것.

"우리 또 빚을 지자."

빚을 지기 위해 집을 사기로 했다.

집을 알아보는 시기에 전국의 모든 아파트값이 들썩였다. 집값은 일주일이 지나면 새로운 가격이 매겨졌다. 우리가 가계약했던 집도 일주일이 지나자 주변 호가가 천만 원이 올랐다. 우리가 걸었던 가계약금은 500만 원이었다. 계약을 파기하고 우리에게 위약금으로 천만 원을 내어주더라도, 집주인은 손해 볼 게 없었다.

"자기 이 집으로 돈 많이 벌었잖아. 가계약도 했으니 신혼부부에게 넘겨."

공인중개사 실장님이 집주인을 설득했다. 50대 여자분이시던 공인중개사 실장님은 잘 웃는 아내를 예뻐하셨다. 아내를 처음 보았을 때부터 호감을 보이셨다. 세상 물정 모르는 어린 막냇동생을 대하는 맏언니처럼 이것저것을 먼저 챙겨주셨다. 아내의 상냥함만으로 우리 편이 생긴 느낌이었다. 처음 보는 사람이 이렇게 빨리 내 편이 되는 경험은, 나로서는 처음이었다.

"자기 걱정 마. 내가 계약 꼭 따 줄게."

아내를 보는 실장님의 눈에 애정이 듬뿍 묻어났다.

40대 중후반으로 보이던 집주인은 여자분이었다. 집주인은 집값을 500만 원 더 올리길 원했다. 이미 가계약을 했는데도 가격을 올리려는 집주인이 못마땅했다. 까칠함이 또 튀어나왔다.

"마음에 안 들어. 그냥 파기하고, 다른 집을 보자."

아내가 나를 말렸다. 그러곤 아내가 직접 집주인을 상대했다.

"대신 우리가 잔금을 빨리 치러 드릴게요."

실장님도 거들었다.

"그래. 신혼부부잖아, 자기가 인심 좀 써."

결국 처음 이야기했던 금액으로 계약하기로 했다. 집주인과의 계약 날, 분위기가 무거웠다. 집주인의 표정엔 불만이 가득했다.

"더 받아야 하는데, 신혼부부라니까 그냥 계약하는 거예요."

우리가 신혼부부라는 것 때문은 아니었을 거다. 우리가 빠른 잔금을 약속했고, 집주인은 그 돈이 급했다.

계약서를 작성하기 위해 서로의 신분증을 내놓았다. 집주인의 주민등록번호가 보였다. 아, 이런…. 서너 살은 위일 거라고 생각했던 집주인은 나보다 두 살 어렸다. 내 주민등록번호를 본 집주인의 표정이 일그러졌다. 실장님의 얼굴에도 당황하는 빛이 지나갔다. 집주인이 앙칼지게 소리쳤다.

"신혼부부라면서!"

모두가 얼어붙었다. 나도, 아내도, 실장님도, 집주인도 한참 동안 아무 말도 하지 못했다.

마흔하나, 서른다섯에 결혼을 했고 그 이후로 2년밖에 지나지 않았으니, 그 당시 우리는 아직 신혼부부였다. 우리를 '어린' 신혼부부로 본 실장님이 그걸 협상 카드로 쓴 건 우리의 잘못이 아니다. 신혼부부는 맞다. 다만 우리가 어리지 않았을 뿐이다.

집 계약은 무사히 마쳤다. 모두가 당황했던 상황을 수습해야 하는 시간이 조금 필요했지만, 결국 계약서에 사인을 했다.

아내를 만난 이후로 조금씩 아내를 닮아간다. 요즘에는 까칠하고 예민하다는 말을 잘 듣지 않는다. 처음 보는 사람들, 그리고 다시 보지 않을 사람들에게 친근하고 다정하게 대하는 아내의 모습을 보며 나 역시 아내를 따라 한다. 나는 아직은 아내처럼 몸에 벤인 친절함은 아니다.

'언젠간 나에게 도움이 될지도 몰라.'

집 계약 때 우리의 편에 서 주신 실장님을 생각한다. 오늘 내보인 친절함이, 내일 나에게 다시 돌아오길 기대하는 걸 보면 아직은 멀었다.

오랜만에 대학 동창들을 만났다. 그들에게서 내 표정이 많이 부드러워졌다는 말을 들었다.

"은퇴하니 좋은가 봐."

그들은 나의 변화를 은퇴 때문이라고 짐작했다. 밝아진 나의 인상이 아내 때문인지, 은퇴 때문인지 나도 아직은 모르겠다. 하지만 앞으로도 아내와 은퇴, 두 종류의 좋은 영향을 계속 받을 테니 내 안의 까칠함은 이제 나올 일이 없을지도 모르겠다.

당신 지갑이
눈에 거슬렸어

아내가 마지막 출근을 한 날, 퇴근 시간 즈음에 아내에게 카톡이 왔다.

"나 짐이 많아서 혼자 못 들겠어. 이따 집 앞에 내려와 주라."

분명 며칠 전 함께 아내의 회사에 들러 짐을 정리해 차에 싣고 왔는데 혼자 못 들 정도의 짐이라니. 챙기지 못한 짐이 있나? 집 앞에 도착했다는 연락을 받고 내려가 보니 각종 선물 보따리가 한 가득이었다.

"퇴사한다고 선물을 잔뜩 받았어."

난 퇴사할 때 흔한 쪽지 한 장도 못 받았는데, 두 손으로 들기도 힘들 정도의 선물이라니. 새삼 또 아내가 놀랍다.

함께 선물을 나누어 들고 집에 와서 풀어봤다. 여러 장의 편지와 케이크, 디퓨저, 컵들 사이로 책 한 권이 눈에 들어왔다. 이미 우리 집 책장에 꽂혀 있는 책이었다.

"차마 이미 읽은 책이라고 말은 못 했어."

아내의 성격에 그럴 만하다. 환한 표정으로 '고마워요. 잘 읽을 게요' 하며 받았겠지.

"장모님 갖다 드리면 되겠네. 아마 아직 안 읽으셨을 거야."

"아, 그럴까?"

아내는 책장에 꽂혀 있는 책을 꺼내, 다음에 장모님 댁에 들를 때 돌려드릴 빈 반찬통과 함께 놓았다. 책장에는 선물로 받은 책을 꽂아 넣었다. 내가 그 모습을 의아하게 쳐다보니 아내가 말했다.

"선물 받은 거니 내가 이걸 가지고 있어야지."

그렇구나. 나였으면 새 책을 장모님에게 드렸을 거다. 난 물건에 의미를 담지는 않으니까.

연애 시절 아내가 나에게 준 첫 번째 선물은 가죽 지갑이었다.

"이제 이걸로 바꿔."

쓰고 있던 지갑도 가죽이었고, 해진 데 없이 멀쩡했다. 하지만 아내의 말에 아까워하는 아무런 내색 없이 지갑을 바꾸었다. 전에 쓰던 지갑은 휴지통에 버려졌다. 그 지갑은 아내 이전에 만났던 사람이 사준 지갑이었다.

"계속 눈에 거슬렸어."

나는 물건에 의미를 두지 않는다. 정을 준다거나 하지도 않는다. 소중한 의미가 담긴 선물이더라도 내 손에 들어오는 순간, 내가 이미 쓰고 있는 다른 물건들과 다를 바 없어진다. 닳고 해지면 버린다. 물건은 그 쓸모를 가지고 있어야 버림받지 않는다.

애지중지하려는 마음도 없다. 내 휴대폰은 한 번도 케이스로 씌워진 적이 없고, 새로 산 신발을 신고 흙길을 다니는 걸 주저하지 않는다. 차에 흠집이 생기더라도 딱히 속이 쓰리다거나 하지 않는다. 오히려 휴대폰이나 신발, 차에 난 흠집들을 보면, 이젠 내 손때가 묻어 나에게 길들었다는 느낌이 들어 정겹다.

예전에 만났던 사람이 사주었던 지갑을 버리지 않은 이유는 딱 한 가지였다. 아직 쓸모가 있으니까. 그 지갑을 보면서 사준 사람이 떠오르거나 하는 일은 없었다. 선물로 받았든 내가 샀든 간에 나에게 물건은 물건일 뿐이다. 그 지갑이 아내의 눈에 거슬렸고 나는 새로운 지갑이 생겼으니, 이전의 지갑을 버리지 않을 이유도 없었다.

결혼 전 내가 몰던 차는 흰색 뉴 코란도였다. 나의 첫 차였고, 결혼하기 전까지 15년을 몰았다. 결혼하면서는 5년 된 아내의 차에 밀려 처분해야 했다.

"형님 몰으시라고 드릴까?"

형님(아내 언니의 남편)이 예전에 코란도 동호회에 다녔다는 얘기를 아내에게 들은 적이 있었고, 마침 출퇴근용으로 막 쓸 차가 필요하다고 하셨던 게 생각났다. 그렇게 나와 15년을 함께한 코란도는 형님에게 넘어갔다.

3년쯤 지나고 형님에게 연락이 왔다.

"차를 폐차하기로 했어. 폐차하기 전에 작별 인사하러 올래?"

차와 작별 인사라. 굳이 안 해도 되지만, 얼굴 뵌 지도 좀 됐고 해서 폐차 하루 전날로 날짜를 잡았다.

"정 많이 들었을 텐데 아쉽겠네."

아쉬울 리가 없다. 형님에게 차를 넘긴 이후 그 차를 생각한 적이 없었다.

"우리 연애할 때 저 차로 전국을 누볐었는데."

오히려 옆에 있던 아내가 아쉬워하며 수명이 다한 차를 한참 동안 쳐다봤다.

내가 물건에 의미를 담지 않고 정도 주지 않는다는 걸 이제는 잘 아는 아내는, 더 이상 쓸모보다 기념의 의미가 큰 물건을 선물하지 않는다. 아내가 주는 선물은 대부분 생필품이다. 자신이 준 선물이 쓸모를 잃은 채 구석에 처박히는 모습을 보지 않기 위한 아내의 해결책이다. 생필품은 먼지가 쌓일 일이 없을 테니.

문득 아내가 예전에 선물로 사준 옷을 너무 안 입었다는 생각이 들었다. 아내한테는 의미가 있을 법도 한 선물인데 너무 방치해 둔 게 아닌가 싶었다. 미안한 마음에 한 번쯤은 꺼내 입어야겠다고 마음먹고 옷장을 열었다. 헷갈린다. 아내가 사주었던 게 이거던가? 아닌 것 같기도 하고. 그 옆에 있는 건가? 잘 쉬고 있던 아내에게 물어봤다.

"네가 선물로 사 줬던 옷이 이거던가?"

그렇게 말해 놓고 아차 싶었다. 입지 않을 거면 기억이라도 하고 있던지. 조심스레 아내의 눈치를 슬쩍 본다.

내 주방에
여자는 없어!

　어릴 적, 엄마는 보통의 옛 어머니들이 그러셨듯 아들을 부엌에 들이지 않으셨다. 설거지조차 한 번도 해 본 적이 없다. 당연히 음식 만드는 일은 온전히 엄마의 일이었다. 그렇게 가까이에서 지켜볼 일이 없었던 음식을 만드는 일은, 어떠한 과정을 거쳐야 하는 건지 알지 못했다.

　"아들, 저녁 뭐 먹고 싶어? 뭐 해 줄까?"

　"음…. 꽃게탕!"

　"철이 아니라서 꽃게가 없는데 어쩌지?"

　탱탱한 꽃게살을 먹지 못하는 건 아쉬웠지만, 그냥 국물에 밥만 말아서 먹어도 꽃게탕은 맛있었다.

　"그럼 국물만 해 줘. 난 국물만 먹어도 좋아."

　어이없는 대답을 들으신 엄마가 그다음 하신 말이 뭐였는지는 기억이 나지 않는다. 어쩌면 이걸 어떻게 설명해야 할지 바로 떠오르지 않아서 아무 말도 못 하셨을지도 모른다.

생라면을 오독오독 먹는 걸 좋아했다. 수프를 생라면에 뿌려 먹고 나면 늘 수프가 조금씩 남았는데, 이걸 버리지 않고 모았다. 어느 정도 모였을 때, 모은 수프를 냄비에 물과 함께 넣고 끓였다. 간단했다. 면 없이 수프만 들어간 뜨거운 국물을 후후 불어 가며 숟가락으로 떠먹었다.

"어, 맛이 왜 이러지? 더 오래 끓여야 하나?"

엄마가 끓여주셨던 라면의 국물 맛을 기대했는데 그 맛과 전혀 달랐다. 한참을 더 끓여도 그 맛이 나질 않았다. 뭐가 문제인지 알지도 못한 채 수프만 넣고 끓인 국물을 버렸다. 그 뒤로 더 이상 라면 수프를 모으지 않았다.

모든 음식은 불에 익히는 과정을 거쳐야 한다고 막연히 생각했었다. 부엌에서 음식을 만드시는 엄마의 모습을 언뜻 볼 때, 가스레인지의 불은 항상 켜져 있었다. 엄마가 밥 먹으라며 나를 부르시는 건 언제나 가스레인지의 불을 끄는 소리와 함께였다. 음식이 완성되는 마지막 단계는 불이라고 머릿속에 새겨졌다. 20대 초반에 김치 담그는 과정을 우연히 알게 되었을 때, 김치를 담그는 데는 불이 필요하지 않다는 사실에 꽤나 놀랐었다. 당연히 김치도 불에 익혔을 거라고 생각했었다.

20대 중반이 될 때까지 내가 가스레인지의 불을 켜는 건 라면을 끓이는 일 말고는 없었다. 엄마는 집을 잠시 비울 일이 생기면, 아들의 끼니를 걱정하며 메모를 남기셨다.

'국은 냄비에 있으니 데워 먹어라. 냉장고에 고기 재워놨으니 꺼내서 프라이팬에 익혀라. 밥은 밥통에 있다.'

무심한 아들은 한 번도 엄마의 메모대로 한 적이 없다. 그런 날은 늘 그랬듯이 라면을 끓였다.

가스레인지의 불에 라면이 아닌 다른 음식을 한 건 감자전이 처음이었다. 아내와 내가 제주에서 독립생활을 할 때였다. 비가 오던 어느 날, 아내는 지나가는 말로 감자전 얘기를 했다.

"비 오니까 엄마가 해 주셨던 감자전이 생각나요."

레시피를 검색했다. 감자전은 감자만 있으면 만들 수 있다는 게 놀라웠다. 해 볼 만한 음식이라고 생각했다. 아직 연애를 시작할 때가 아니어서, 다른 회사 동료 한 명과 함께 아내를 집으로 불렀다. 처음 만들어본 감자전은 맛이 괜찮았다. 레시피대로 따라만 했더니 내가 아는 감자전의 맛이 났다. 함께 부른 동료는 젓가락질이 빨랐다. 아내는 왜 그렇게 먹는 속도가 느린지. 아내는 몇 조각 먹지도 않았는데 감자전은 금세 없어졌다. 괜히 먹성 좋던 동료가 얄미웠다.

연애를 시작하면서 음식을 만드는 횟수가 늘었다. 내가 늘 주방에 섰던 건 직접 만든 음식을 먹이고 싶은 마음 때문만은 아니었다. 단순한 이유였다. 거실이 없었던 아내의 집보다 내가 살던 집이 놀기에 더 좋았는데, 그러다 보니 아내는 늘 내 집에 찾아온 손님이 되었고, 음식을 만드는 일은 자연스레 나의 일이 되었다.

요리는 의외로 어렵지 않았다. 레시피를 검색하고, 하라는 데로 따라 하기만 하면 대충 알고 있는 그 맛이 나왔다. 들어가는 재료에 따라 달라지는 국물 맛을 경험하니, 면 없이 수프만 넣고 끓인 라면 국물의 맛이 왜 이상했는지 이해가 됐다. 감자전에서 호박전, 부추전, 해물파전으로 맥주 안주의 종류가 점점 다양해졌고, 김치찌개, 된장찌개, 미역국, 콩나물국으로 국의 종류는 계속 늘어났다.

매번 내가 해 준 음식을 먹는 게 미안했는지, 어느 날 아내가 집으로 초대했다.

"카레 만들어줄게."

3분 카레를 해 줄 거라고 생각했는데, 아내는 정통 인도 카레라면서 카레 가루를 풀고, 감자와 당근도 직접 썰었다. 한 시간쯤 지났을까. 다 만들었다며 내놓은 카레는 그럴듯해 보였다. 이날을 위해 접시도 새로 샀는지 카레가 담긴 접시도 예뻤다. 긴장하는 아내의 시선을 느끼며 냄새를 맡아보았다. 생각보다 강한 냄새에 살짝 불안했다. 인도식 카레라 그런가 보다 했다. 나도 같이 긴장하며 카레를 한 입 넣었다. 맛이 너무 강하고, 매워서 눈물이 났다. 음식을 만들면서 간을 보지 않는 건가. 연애 초반이었는데도, 그냥 참고 먹으며 맛있다고 할 수가 없었다. 그때 생각했다. 앞으로 아내가 만든 요리는 절대 먹을 일이 없을 거라고.

결혼한 지 6년 정도가 되어가는 지금도 음식을 만드는 건 내가 하고 있다. 결혼 후 있었던 몇 번의 집들이도 직접 만든 음식으로 잘 치러냈다. 엄마는, 꽃게는 안 먹어도 되니 국물만 해 달라던 내가 음식을 만든다는 걸 지금까지도 믿지 않으신다. 아내 옆에서 살짝 도운 거로 큰소리를 치는 거라고 생각하시는 듯하다.

간혹 음식을 만드는 중 아내가 관심을 보이며 다가오는 게 느껴지면, 〈파스타〉에서 이선균이 했던 대사를 외친다.

"내 주방에 여자는 없어!"

음식을 만들다 손이 부족해 프라이팬에서 익고 있는 소불고기를 골고루 저어달라 부탁하면, 아내는 조금씩 주방을 내어주는 게 이젠 슬슬 인정받는다고 여겨 기쁜지 크게 외친다.

"네, 셰프!"

그 많던 친구들이
한 명도 남아있지 않다

"나 다음 주에 고등학교 친구들 만나기로 했어."

아내는 세 명의 고등학교 때 친구들이 있다. 고등학교를 졸업한 이후로도 그 셋과는 꾸준히 만남을 이어가고 있다. 그중 늦은 나이에 아이를 가졌던 친구가 얼마 전 출산을 했고, 이제 100일 정도가 지났다. 그간 코로나 때문에 임신 기간 중에는 만남을 피해 왔었다. 그렇게 늦어지던 약속이 다음 주로 잡혔나 보다.

"드디어 보는구나. 잘 놀다 와."

약속이 거의 없는 나와는 달리 아내는 종종 약속이 생긴다. 고등학교 친구들과는 두어 달에 한 번쯤 보는 듯하다. 전 회사 사람들과도 '부부동반파', '삼겹살파' 등의 이름으로 나누어서 한 달에 한 번 정도는 만남을 갖는다. '부부동반파'는 은퇴 전 다녔던 회사의 사내 커플들이다. 회사에서 지나다니다 몇 번 봤던, 그래서 나도 얼굴 정도는 아는 사람들이다. 결혼하면서 그 모임을 나도 함께하기를 바라며 아내가 넌지시 물었다.

"당신도 한번 만나보지 않을래? 다 아는 사람들이잖아."

아내와 결혼했다는 이유로 아내가 다져놓은 친분 위에서 시작하게 될 관계가 어색했다. 친분은 자연스럽게 쌓이는 게 좋았다.

"싫어. 난 안 갈래. 불편해."

연애 시절 아내는 세 명의 고등학교 친구 이야기를 많이 했다. 자주 들으니 자연스레 아내 친구들의 성격이나 취향, 사는 모습들을 알게 되었다. 마찬가지로 친구들에게는 그 이상으로 내 얘기를 많이 했겠지. 아내를 매개로 서로를 알아가는 관계가 되었다. 결혼을 하면서 그 친구들에게 나를 소개하는 자리가 필요했다. 어색했지만 가야 했다. 그날 내가 이야기를 많이 했는지, 조용히 있었는지 잘 기억나지 않는다. 지금도 그 친구들의 이야기를 아내를 통해 듣지만, 그날 이후 다시 만난 적은 없다.

내 고등학교 시절은 화려했다. 같은 반 아이들은 물론이고 다른 반 아이들과도 친했다. 이른바 주류의 정점이랄까. 쉬는 시간이면 내 주위로 친구들이 모였다. 점심시간, 도시락을 먹기 위해 붙여놓은 책상들은 나를 둘러싼 그룹의 것이 가장 넓었다. 생일에는 다른 반 친구들에게도 선물을 많이 받았다. 선물들을 나 혼자 들기 버거워 친구 두 명이 집까지 손을 보태 주기도 했다.

"성적 평점이 3.5가 넘어야 전교 회장 후보 지원 자격이 주어진다는 걸 아십니까?"

친구 중에 전교 회장이 있는 것도 멋지겠다고 생각했다. 킹메이커가 되어 보기로 했다. 각 반을 돌며 전교 회장 유세를 했다.

"이 녀석이 전교 회장 한번 해 보겠다고 매일 코피 쏟아가며 공부하더니, 기어코 평점 3.5를 만들었습니다. 이 머리 나쁜 놈이 말입니다. 그렇게 독한 놈입니다."

여기저기서 웃음이 터졌다. 고등학교 선거에서는 정책이 필요 없었다. 인상적이기만 하면 됐다. 결과는 압도적인 승리였고, 난 전교 회장 친구를 갖게 되었다. 그날, 전교 회장 유세를 도와준 친구들과 모여 시장 안 곱창볶음집에서 파티를 했다. 세상의 가운데에 있다고 생각했고, 세상이 무섭지 않을 나이였다.

모두와 친했지만, 모든 관계가 깊지 않았다. 친해지기는 쉬웠는데, 그걸 유지하는 방법을 몰랐다. 그들에게 줄 수 있는 열정의 양은 무한하지 않았다. 친구 수만큼 잘게 쪼갠 열정은 관계를 길게 이어 주기엔 턱없이 부족했다.

"연락 좀 해라. 늘 내가 먼저 연락해야 해?"

졸업 후, 친구들은 내 부족한 열정을 타박했다.

세상의 가운데는 나의 자리가 아니라는 걸 20대가 되고야 깨달았다. 맞지 않는 옷이었다. 내향적인 성격을 외면하며, 그저 가운데의 자리가 보기 좋아 억지로 서 있으려 했다. 가운데에서 만난 친구들은 뼛속까지 외향적이었다. 나와 결이 다르다고 느껴졌다. 부족했던 열정과 결이 다른 친구들. 시간이 지나면서 서로 연락은 뜸해졌고, 그 관계를 붙잡으려 굳이 애쓰지 않았다. 그 많던 친구들이 지금은 한 명도 남아있지 않다.

이제는 많은 관계를 만들려고 하지 않는다. 내가 감당할 수 있는 관계만 유지하고 있다. 몸에 맞는 옷을 입었다. 나와 같은 결을 가지고 있고, 내 열정을 넉넉하게 나누어 줄 수 있는 사람들. 몇 년째 내 약속은 늘 셋 중의 하나이다. 소심해서 친해진 고등학교 동아리 선배, 둘 다 삼수를 해서 의기투합할 수 있었던 대학교 친구, 혹은 과장님 욕을 함께하던 회사 입사 동기.

오랜만에 대학교 친구에게 연락이 왔다. 잘 지내고 있는지를 확인하는 안부 전화였다.

"뭐야. 만나자고 연락한 거 아니었어? 무슨 남자끼리 전화로 안부를 전해."

투정을 들은 친구가 한참을 웃고 나서 말했다.

"너 은퇴하니 사람이 그립구나. 크크. 그래 만나자."

아내에게 약속이 생겼다고 알렸다. 누구와의 약속인지 굳이 이야기 안 해도 아내는 한두 번 만에 맞춘다.

"저번에 고등학교 선배는 만났으니까. 음. 이번에는 대학 친구인가?"

161

Part 05

은퇴 이후의
삶

시간은 넘친다.
이제 쌓기만 하면 된다.

매일 5km 달리기 이후
몸의 변화

회사를 그만두면 매일 꾸준히 하기로 마음먹은 것들이 있다. 그 중의 하나가 달리기이다. 이른 아침, 이제 막 햇볕을 담기 시작한 차가운 공기를 가르며 여유롭게 달리는 것. 아침잠 10분을 천금같이 느끼며 출근 준비만으로 정신없던 직장인일 때, 아침의 달리기는 감히 넘볼 수 없는 로망 같은 것이었다.

달리기가 로망처럼 느껴졌던 건, 사회에서 인정받는 영화 속 젊은 남자 주인공의 아침으로 많이 등장한 탓일 수도 있다. 운동은 여러 가지가 있겠지만, 반드시 달리기여야 했다. 속도가 빠른 자전거에서는 여유로움이 느껴지지 않았고, 헬스장은 차가운 공기가 없었다.

퇴사 후 달리기를 시작하기로 한 첫날, 아침 8시. 가벼운 러닝화를 신고 집을 나왔다. 출근길의 사람들이 보였다. 회사로 향하는 사람들의 바쁜 걸음을 보면서, 내가 가는 곳은 회사가 아닌 집 근처의 공원이라는 것이 좋았다. 출근으로 바쁜 그들에게, 난 이제 곧 달리기할 거라는 티를 내고 싶었다. 괜히 머리 위로 팔을 올려 스트레칭을 했다.

　달릴 곳은 집 근처의 공원 한 바퀴. 지도 앱으로 확인해 보니 대략 5km의 거리였다. 거리 측정 앱을 켜고 달리기 시작했다. 낮게 비스듬히 비치는 햇살이 눈부셨다. 아직 햇볕에 데워지지 않은 공기가 상쾌했다. 얼굴을 스치는 차가운 공기를 느끼며, 드디어 로망을 실현한 것 같은 생각이 들었다. 영화 속의 젊은 남자 주인공이 된 것 같았다.

　목표로 한 거리를 절반도 채 달리지 않았는데 숨소리가 거칠어지고 다리가 떨렸다. 한 시간은 달린 것 같은데, 이제 겨우 10분을 넘기고 있었다.

　'아 죽을 것 같다.'

　말이 입 밖에 나오지도 못한 채, 침이 말라버린 입안을 맴돌았다. 한 걸음을 옮기는 데 필요한 모든 근육들이 아우성쳤다. 1초, 1초가 흐르는 속도는 지친 달리기처럼 느렸다. 그만 달려야 할 이유가 백

가지도 넘게 떠올랐다. 달려야 할 한 가지 이유만 생각하려 했다.

'영화…젊은…남자…주인공….'

5월 13일 아침이었다.

오늘 100번째 달리기를 마쳤다. 140일이 걸렸고, 누적 508km를 달렸다. 1km를 평균 5분 54초에 뛰었다.

이렇게 죽는 건가 하던 첫 달리기에 비해 이제는 제법 달리기가 익숙하다. 달린 횟수가 30회 정도를 넘어가면서부터 죽을 것 같은 느낌은 없어졌다. 이제는 그냥 힘들기만 하다. 무언가 골똘히 생각하면서 달렸던 날은, 지금 내가 달리고 있다는 걸 잊은 적도 있다.

달리기를 하는 동안 몸에도 많은 변화가 생겼다. 막연히 건강해지겠지 하는 생각이었는데, 몸의 변화들이 눈에 보였다.

몸무게가 5kg 줄었다.

20살 이후 내 몸무게는 늘 변화가 없었다. 많이 쪄봐야 1kg, 빠지더라도 그 정도인 몸무게가 20년 넘게 유지됐다. 달린 지 한 달 정도가 되면서, 20년간 꿈쩍도 안 하던 몸무게가 슬금슬금 빠지기 시작했다. 하루에 200~300g씩 빠지는 게 눈에 보였다. 그러던 몸무게가 5kg이 줄고부터는 한 달 동안 유지되고 있다. 얼마 전 은퇴한 아내도 달리기를 시작했다. 아마 지금 지옥을 경험하고 있을

기록   달성 기록   러닝 레벨

508.3

총 킬로미터

100	5.08 km	5'54''
총 러닝 횟수	평균 거리	평균 페이스

2020년 9월
러닝 20회   106.0 km   5'54''/km

 오늘
화요일 오전 러닝   >
5.59 km   5'41''/km   31:49

 월요일
월요일 오전 러닝   >
5.60 km   5'49''/km   32:35

 일요일

거다. 지옥을 헤매면서도 아내는 내 몸의 여러 변화 중 유독 몸무게에 관심이 많다.

"한 달 지나고부터 **빠졌단** 말이지?"

목과 허리의 통증이 없어졌다.

목이 좀 가늘고 긴 탓인지 서너 달에 한 번씩은 목에 담이 왔다. 머리를 감다가, 감은 머리를 말리다가, 혹은 저 멀리 있는 물건을 집다가 느닷없이 담이 왔다. 그렇게 반갑지 않은 손님이 오면 일주일은 고개도 못 돌린 채 **뻣뻣한** 나무토막처럼 지내야 했다. 달리기를 시작한 이후로는 그런 일이 없다. 특별히 조심스럽게 행동하는 것도 아닌데, 왠지 다시는 담 따위는 오지 않을 느낌이 든다. 조금 오래 걸으면 허리도 아프곤 했는데, 요즘은 매일 15km 이상씩 걸어도 무리가 없다.

배에 11자 라인이 생겼다.

내 몸에 이런 라인이 있다는 걸 40년이 넘는 시간 동안 몰랐다. 연예인의 몸에만 허락되는 라인이라고 생각했다. 샤워를 하려다 배를 세로로 삼등분하는 그 성난 11자 라인을 보고선, 신대륙을 발견한 콜럼버스처럼 아내에게 소리쳤다.

"내 배 봐봐! 빨리빨리! 11자 라인!"

11자 라인을 발견한 이후로는 화장실에서 보내는 시간이 많아졌다. 내 배의 11자 라인이 어제보다 오늘은 더 성이 났으려나 흐뭇하게 바라본다. 한참 거울을 보는 요즘, 샤워하는 시간이 예전보다 조금 더 길어졌다.

체력이 좋아졌다.

　어쩌면 이건 부작용일지도 모른다. 어릴 때부터 예민한 탓에 밤에 잠드는 걸 힘들어했다. 아무리 피곤하더라도 침대에 눕고 최소한 30분 이상을 뒤척거려야 겨우 잠이 들곤 했다. 눕기만 하면 바로 잠이 드는 사람이 너무 부러웠다. 아내가 그랬다. 그래도 다행이었다. 아내도 예민해서 함께 뒤척거렸다면, 잠드는 시간은 한두 시간을 훌쩍 넘겼을 거다.

　달리기를 하다 보니 체력이 좋아졌음을 느낀다. 그런데 체력이 좋아지면서 문제가 생겼다. 예전 같았으면 피곤해서 누웠을 시간이 되었는데도 눈이 말똥말똥하다. 피곤하지도 않다.

　"먼저 자. 난 아직도 초저녁 느낌이네."

　예민한 데다가 체력까지 좋아지면서 잠들기가 더욱 힘들어졌다. 새벽 2시가 넘어서야 겨우 잠이 든다. 하루 중 잠자는 시간이 6시간이 채 못 되는 것 같다.

달리기를 마치고 나면, 숨이 헉헉거리고 땀범벅이 된다. 비틀거리는 걸음으로 겨우 집으로 들어온다. 영화 속의 젊은 남자 주인공 같은 여유로움 따위는 없다. 영화는 영화일 뿐이고, 난 현실에 있다는 걸 알았다. 하지만 꾸준함으로 만든 내 몸의 변화를 보면 뿌듯하고 대견스럽다. 은퇴를 하고 난 이후 느낀 첫 번째 긍정적인 변화이다.

꾸준히 매일 하고 있는 건 달리기뿐만이 아니다. 글을 쓰는 것도 그중의 하나이다. 글을 쓰기 시작한 이후로, 글을 통해 많은 분들을 알게 된 것도 전엔 몰랐던 즐거움이다. 매일매일의 꾸준함이 쌓이다 보면 어느 순간 기대하지 않았던 선물로 보상을 받는다. 새로 받은 선물 상자 안에는 또 무엇이 들어있을까를 상상하는 게 즐겁고 설렌다.

시간을
쌓기만 하면 된다

질투라는 감정이 어색했다. 사람들이 흔히 한다는 질투의 감정을 잘 느끼지 못한 채 지금껏 살았다. 대학교 1학년, 봄볕이 따스했던 어느 날 수업을 째고 인문대 앞 잔디밭에서 새우깡에 낮술이나 먹자고 꼬시던 대학 동기가 나보다 훨씬 높은 연봉을 받는 회사에 합격했다는 말을 들었을 때도, 나는 아무렇지 않았다.

대학을 갓 졸업하고 사회에 첫발을 디뎌 모든 걸 낯설어하던, 그래서 옆에 의자를 끌어 앉아 회사의 시스템이며 업무를 하나하나 가르쳐야 했던 후임이 몇 년이 지나 나보다 먼저 팀장이 되었을 때도, 나는 그 후임을 기특하게만 여겼다.

어쩌면 질투와 비슷하지 않을까 하는 감정을 느꼈던 건 딱 한 번 있었다. 고등학교 때 같은 반이던 한 친구에게서였다. 쉬는 시

간이면 교실 뒤편이 마치 운동장이라도 되는 듯이 뛰어다니던 나
와는 달리 그 친구는 늘 자리에서 조용했다. 화장실 갈 때만 빼고
는 늘 자리에 앉아 연습장에 무언가를 끄적이던 그 친구에게 관심
이 가기 시작했던 건, 그 연습장을 채우던 게 수학 공식이나 영어
단어가 아닌 그림이라는 걸 알고부터였다. 우연히 들여다본 그 친
구의 연습장에는 직접 그린 사람과 건물, 풍경들이 가득했다.

애벌레 한 마리가 눈에 띄었다. 몇 개 되지 않는 선으로 대충 그
린 애벌레 한 마리에 정신을 뺏겼다.

"야. 너 대단하다."

그림에 대한 내 관심을 그 친구는 귀찮아하지 않았다. 쉬는 시
간마다 교실 뒤편이 아닌 그 친구의 옆자리로 찾아갔다.

"다른 그림은? 또 보여줘."

그 친구의 선은 단순했다. 산도, 나무도, 건물도, 몇 개의 선으
로만 표현했다. 색도 아꼈다. 두세 가지의 색으로만 느낌을 냈다.
어찌 보면 대충 쓱싹쓱싹 그린 그림인데도 연습장이 꽉 찬 느낌이
었다. 미술 교과서에 실려 있는 유명한 화가들이 그린 그림을 보면
서는 한 번도 느끼지 못했던 동경이 피어났다. 나도 이렇게 그리고
싶었다.

애벌레를 따라 그려봤다. 그 친구가 보여주었던 그림 중에서 가

장 단순하고 쉬워 보였다. 그 친구가 그린 애벌레를 옆에 두고 그 대로 따라 그리는데도 생각만큼 쉽지 않았다. 내가 그은 선은 그 친구의 선과 달랐다. 부들부들 떨리는 손이 그리는 애벌레의 윤곽은 바람 빠진 풍선 같았다. 맘에 들지 않았다. 열 번 정도 그려봤을까. 똑같은 하나의 애벌레를 그리는데, 각기 다른 열 마리의 찌그러진 애벌레가 나를 보며 비웃었다. 그 친구의 반듯한 선이 부러웠다. 아니, 부러운 것과는 조금 달랐다. 어쩌면 질투 같은 느낌이었다.

그 친구는 쉽게 하는데 난 왜 안 되는 걸까 하는 생각이 들었다. 하지만 애초에 될 일이 아니었다. 그 친구는 그 애벌레를 몇 번이나 그려봤을까. 수천 번? 수만 번? 애벌레 뒤로 내 눈에는 보이지 않는 수많은 선들이 쌓이고 또 쌓여 있었을 거다. 볼 때마다 그 친구는 또 다른 그림으로 연습장을 채우고 있었다. 나는 연필은 손에 잡지도 않은 채 질투의 마음만 채워 나갔다. 나에게 그림에 대한 열망만 잔뜩 심어주었던 그 친구는 서울대 미대를 지원하고 합격했다.

대학을 다니면서도, 직장을 다니면서도, 그림을 잘 그리는 사람은 주변에서 쉽게 만날 수 있었다. 그들의 그림을 볼 때마다 고등학교 때 그 친구 생각이 났다. 그 친구의 애벌레도 뒤따랐다. 어릴 적 친했던 친구를 떠올리는 그런 반가움과는 조금 달랐다. 어딘가 마음 한편이 편하지만은 않은, 나에겐 없는 걸 가지고 있던 친구에게 배가 아픈 느낌이었다. 질투였다. 그림을 잘 그리고 싶다는 생각을 마음 한편에 간직한 지도 어느덧 30년이 되었다.

집에는 이젤과 두툼한 4절 스케치북, 4B 연필이 방 한쪽을 차지하고 있다. 30대가 되었을 때, 이제 정말 마음먹고 그려보겠다며 도구부터 구입했었다. 까맣게 가로로, 세로로 그은 선이 가득 찬 스케치북의 첫 장을 빼고는 백지상태 그대로 남아있다. 늘 마음에 담고는 있었지만, 퇴근 후엔 지쳐서 이젤 앞에 서지지 않았다. 몇 번의 이사를 하면서도 먼지가 쌓인 이젤과 스케치북을 차마 버리지 못했다. 버리지는 않았지만 쓰지도 않았다. 손이 닿지 않는 방 가장 깊숙한 곳이 이젤이 있는 위치였다. 그렇게 또 십몇 년이 지났다.

은퇴를 하고 나에게 쓸 수 있는 시간이 넉넉해졌을 때 해 보고 싶은 것 중, 가장 먼저 떠오른 건 그림이었다. 언젠가 여행지의 멋진 풍경을 만났을 때 카메라 대신 스케치북을 꺼내고 앉아 몇십 분이고 바라보며 풍경을 그리고 싶었다.

"내가 유일하게 질투를 느끼는 사람이 있는데, 바로 그림 잘 그리는 사람이야."

시간을 충분히 쌓고 난 후에야 결과가 조금씩 보이는 그림은 항상 마음의 짐이었고, 이미 시간을 차곡차곡 쌓아 선부터 남다른 사람들을 보면 배가 아프다고 아내에게 말했었다.

"아직 안 늦었잖아. 이제 시간 많은데 당신도 금방 잘 그릴 수 있어."

아내는 한껏 밝은 표정으로 쉽게도 말했다. 사실 아내의 말처럼 쉬운 일이었다.

"그래 맞아. 아직 안 늦었어."

30년을 간직해 온 소망을 꺼냈다. 시간은 넘친다. 이제 쌓기만 하면 된다. 회사 업무로 지칠 일도 없다. 그림을 그리다 지치기만 하면 된다. 스케치북 대신 아이패드를 열고, 눈앞의 풍경 대신 풍경을 찍어온 사진을 본다. 머릿속에서 상상하던 그림 그리는 모습은 30년을 지나오면서 변했지만, 아무래도 좋다.

점심 이후 저녁을 먹기 전까지는 아내와 따로 시간을 보낸다. 각자 가고 싶었던 카페를 간다거나 그냥 집에 있기도 한다. 주로 책을 읽거나 글을 썼는데, 요즘엔 그림을 그린다. 그림 하나를 나름 만족할 정도로 그리는데는 시간이 꽤 걸린다. 가뜩이나 손이 느린 글쓰기만큼이나 그림도 시간을 많이 잡아먹는다. 밑 빠진 독에 시간을 들이붓는 것 같기도 하다. 하지만 그렇게 들어가는 몇 시간이 아깝지 않다. 그런 시간이 쌓이고 쌓일수록 나의 애벌레는 친구의 애벌레를 점차 닮아갈 거라 믿는다.

추구하는 삶의 방식을
건드리지 않는다

저녁 6시. 여행으로 온 속초는 아직 밝다. 점점 더워지는 날씨에 해도 지쳤는지 굼뜨다. 저녁을 먹을 시간인데도 해는 서쪽 설악산 반대편으로 넘어갈 생각이 없다.

밥을 짓기 위해 무쇠솥을 꺼냈다. 반찬가게에서 사 온 깻잎과 도라지무침을 접시에 덜었다. 메인 반찬은 냉동 포장된 떡갈비다. 밥이 완성되는 시간에 맞춰 떡갈비 네 조각을 전자레인지에 넣고 데운다. 실수로 자신 몫보다 더 먹었다며 싸울 일이 없도록 떡갈비를 두 조각씩 나누어 접시에 올리면 저녁 준비가 끝난다. 준비하는 시간에 비해 먹는 건 순식간이다.

"솥 무거우니까 설거지는 내가 할게. 그냥 둬."

저녁 산책 준비를 한다. 속초해수욕장의 끝, 외옹치 해변으로 가면 해안 절벽 아래로 걸을 수 있는 데크길이 나온다. 작년 태풍으로 데크길이 끊겨 중간에서 다시 돌아와야 하지만, 그럭저럭 괜찮은 산책로이다. 느린 걸음으로 한 시간 정도면 다녀올 수 있다.

속옷과 양말이 담겨 있는 하얀 플라스틱 상자의 뚜껑을 열고 양말을 꺼냈다. 한 손에 양말을 쥐고 다시 뚜껑을 덮는데, 조금 어긋났다. 잠깐 바라보다가 그대로 두었다. 저 정도면 먼지가 들어가진 않을 테니. 꺼낸 양말을 신고 있는데 조금 어긋난 뚜껑을 아내가 제대로 덮는다.

"어차피 먼지도 안 들어가."

"힘든 것도 아닌데 뭐."

얼핏 보니 내가 설거지를 하고 난 싱크대의 물기가 닦여 있다. 아내다. 아내는 설거지가 끝나면 싱크대의 물기를 행주로 닦아내는데, 그게 설거지의 마무리라고 했다. 시간이 지나면 자연스레 싱크대의 물기는 마를 텐데 하며 나는 종종 아내가 말하는 마무리를 거르지만, 눈에 띄지 않았다면 모를까 아내의 눈에 든 이상 그냥 넘어가는 법이 없다.

아내는 자고 일어난 침구를 정리하는데도 꼼꼼하다. 밤새 생겼던 주름이 펴져 있고, 각이 잘 맞추어져 있다. 군대 경험도 안 해봤으면서 칼 같은 각이 나온다. 내가 정리한 침구는 언제나 인간적이다. 어느 정도 틀어져 있고, 구김도 그대로 남아있다.

내 인간적인 면모는 회사의 일 처리에서도 마찬가지였다. 어느 정도의 결과가 보이면 더 이상 손을 대지 않았다. 내가 짠 소스 코드의 로직이 서버에 무리를 주지 않고, 장애가 발생하지 않을 정도의 마무리면 그걸로 만족했다. 업무에 완벽함을 추구하지 않았다. 완성도가 조금 부족하더라도 굳이 시간을 들여 메우려 하지 않았다.

아내는 나와 달랐다. 아내는 그 조금의 완성도를 채우기 위해 야근을 했다. 더 이상 손을 델 곳이 없다는 걸 스스로 자신해야 일에서 손을 놓았다. 늘 완벽한 결과를 추구했다. 그 완벽함을 위해 밀어 넣어야 하는 시간을 아까워하지 않았다.

몇 주간 이어진 야근으로 약해진 아내의 몸은 스트레스성 장염으로 이상을 알려왔다. 새벽에 갑작스러운 통증으로 허리를 펴지 못하는 아내를 데리고 급히 응급실에 갔다. 진통제를 맞고 나서야 통증이 멈췄지만, 아내는 몇 시간 동안 이어진 통증과 싸우느라 진이 빠졌다.

"모든 걸 다 완벽하게 할 필요는 없어."

속상함에 아내를 탓했다.

"그렇게 해야 내 마음이 편한 걸."

마음 편하자고 몸 불편한 걸 뒷전으로 내팽개쳐 놓는 게 이해가 되지 않았다.

"그냥 80%의 완성도로 만족하면 스트레스가 줄어."

아내는 더 이상 말을 잇지는 않았지만, 나의 말에 동의할 수 없다는 표정을 지었다. 완벽함은 쉽게 사람들의 눈에 띤다. 아내의 완벽함에 회사는 늘 높은 평가로 보답했다. 나의 평가는 언제나 중간이었다. 부족했던 건 아니지만, 뛰어나지 않은 고만고만함으로 회사 생활을 이었다. 추구하는 가치가 서로 달랐다. 난 스트레스를 덜었고, 아내는 연봉을 높였다.

아내는 살짝 어긋나 있는 뚜껑을 닫고 물기가 남아있는 싱크대를 닦으면서도 나에게 별다른 말을 하지 않는다. 완벽함을 나에게 강요하지 않는다. 서로가 추구하는 삶의 방식을 건드리지 않는다.

빨래를 마쳤다는 세탁기의 알람이 울린다.

"출동!"

내가 세탁기에서 빨래를 꺼내는 동안 아내는 빨래 건조대 앞에서 나를 기다린다. 구겨진 옷을 빨래 건조대에 널기 전, 아내는 하나하나 손 다림질로 구김을 편다. 빨래를 널기 전에 손 다림질을 미리 하면 옷이 말랐을 때 구김이 없단다. '구김이 좀 있으면 어때'라는 말을 결혼 초 몇 번 했지만, 이제는 더 이상 하지 않는다.

나는 손 다림질이 필요 없는 수건이나 양말을 먼저 집는다. 아내의 양말은 늘 뒤집어져 있다. 하나하나 원래대로 다시 뒤집어 건

조대에 넌다. 그렇게나 완벽한 일 처리를 좋아하는 아내가 왜 양말은 늘 거꾸로 벗어놓을까. 양말로 스트레스를 푸는 걸까. 양말로라도 인간미가 느껴지니 괜찮다. 양말을 다시 뒤집는 게 그리 힘든 일도 아니다. 나도 아내에게 별다른 말을 하지는 않는다.

버스킹 한번
해 봐야지

한여름을 준비하는 6월. 아직 한가한 속초해수욕장은 주말 저녁이 되면 활기를 띤다. 주말 저녁의 속초해수욕장은 8월 성수기 못지않게 번잡하다. 해가 서쪽 설악산으로 넘어가고, 바다와 하늘이 검은색으로 바뀌면 아내와 산책 준비를 한다. 평소에는 바다와 하늘이 아직은 제 색깔을 가지고 있을 해 질 무렵에 산책을 하지만, 사람들이 모여드는 주말 저녁엔 하늘의 파란색이 필요 없다. 아니, 오히려 방해가 된다. 해변 곳곳에서 사람들이 터뜨리는 폭죽은 캄캄한 하늘에서 더 도드라진다.

"저기. 잔뜩 들고 간다."

폭죽 세트를 한가득 안고 해변으로 향하는 한 가족을 조금 뒤에서 따라간다. 폭죽을 사 들고 가는 그들만큼이나 우리의 기대도 차오른다. 자리를 정하고 화려한 불꽃놀이를 준비하는 그들을 몇 걸음 떨어진 곳에서 응원한다. 하지만 그들은 한 번에 하나의 폭죽에만 불을 붙인다.

"한 번에 동시에 터뜨려야 멋진데."

아쉽지만 어쩔 수 없다. 폭죽은 해변 곳곳에서 터지고 있고, 이제 해변으로 들어오는 사람들의 손에도 그들만의 추억을 만들려는 폭죽이 들려 있다. 아직 기회는 많다.

폭죽 사용을 자제해 달라는 안내 방송이 끊임없이 나오고, 안전요원들이 해변을 돌아다니며 사람들을 진정시키지만, 밤하늘의 불꽃놀이는 계속된다. 안전요원들이 지금 어디를 지나가고 있는지는 쉽게 알 수 있다. 긴 해변, 이 빠진 것처럼 불꽃이 잠잠한 하늘 아래 안전요원이 있다. 하지만 시간이 좀 지나 그 바로 옆 하늘이 잠잠해지면, 좀 전까지 이 빠진 것 같았던 하늘에 다시 불꽃이 핀다. 불꽃은 파도처럼 밤하늘을 이동한다.

폭죽이 터지는 소리와 길거리 공연의 음악 소리가 한데 섞인다. 60대로 보이는 두 분이 해변 입구 모퉁이에서 각자 기타를 둘러메고 흥겹다. 흰 바지와 베레모가 멋스럽다. 선곡의 대부분이 70~80년대 포크송이다. 한 곡이 끝날 때마다 둘러싼 사람들의 호응을 유도한다. 관객들도 박수와 환호성을 보내는 데 인색하지 않다.

"젊었을 때 좀 노셨나 봐."

그들의 젊은 시절이 궁금했다. 어떤 인생을 살아오셨을까. 이런 저런 잡생각 사이로, 길거리 공연을 볼 때마다 들던 욕망이 또다시 찾아왔다.

"나도 언제 버스킹 한번 해야 하는데."

버스킹을 처음 본 건 20대 첫 여행지에서였다. 방콕의 길거리에서 기타 하나를 들고 노래하며 사람들과 어우러지던 태국 청년의 모습이 신선했다. 처음 들어보는 노래와 들리지도 않는 태국어 가사가 이어졌는데도 한참을 바라봤었다. 노래를 듣겠다며 그 앞에 머무른 사람은 그리 많지 않았다. 몇 안 되는 사람들 앞에서 노래를 하는데도 그는 밝아 보였다. 그 즐거워하는 표정이 부러웠다.

"나도 한번 해 보고 싶다."

친구를 따라 콘서트장에 갔을 때도 난 듣는 거로 만족했었다. 한 번도 사람들 앞에서 노래를 불러보고 싶다고 생각하지 않았었다. 방콕의 길거리에서 기타 하나와 목소리만으로 행복해하는 그의 표정이 나를 흔들었다. 문제는 내 노래 실력이 형편없다는 거다. 술만 먹으면 자주 함께 노래방을 갔던 친한 선배 한 명은 늘 나의 고음에 감탄했다.

"내 주변에 〈She's gone〉을 너만큼 부르는 사람이 없어."

억지로 뽑아낸 비명에 가까운 소리일 뿐이었다. 노래방에서 만

들어진 고음이었다. 당시 그 선배는 주로 나와 술을 먹었고, 주변엔 나밖에 없었다. 더욱이 그런 괴성이라도 부러워할 만큼 그 선배는 음치였다.

은퇴를 하고, 기타를 다시 잡기 시작한 건 버스킹에 대한 미련이 아직 남아서였다. 물러졌던 손가락의 굳은살을 다시 만들고 있다. 매일 확인하지만 굳은살이 쉽게 생기지는 않는다. 기타 줄을 누르는 손가락의 굳은살이야 언젠가는 생기겠지만, 노래 실력은 노력만으로는 부족하다. 노래 실력은 타고나야 한다. 가족 중에도 노래 좀 한다는 사람이 없다. 그 피를 물려받은 나 역시 가망이 없다는 뜻이다.

"역시 노래가 문제야."

노래가 안 되면 객원 보컬을 쓰면 된다. 015B도 유희열도 남의 재능을 빌려 썼다.

"잘할 수 있겠어?"

믿음이 막 가지는 않지만, 일단 아내에게로 시선을 돌렸다.

"그럼. 사람들이 〈나에게로의 초대〉만큼은 내가 최고랬어."

그런 말은 나도 음치 선배에게 지겹게 들었었다. 그래도 뭐. 나보다야 낫겠지.

아직까지 아내의 노래를 제대로 들어본 적이 없다. 연애 시절 아내와 딱 한 번 노래방에 간 적이 있긴 한데, 그때 그 노래방에서는 마이크보다 다른 것에 관심이 많았다. 연애 초기였고, 둘 다 혈기 왕성한 나이였다. 우리의 시선은 서로에게만 향했고, 방 안은 미리 눌러놓은 노래 반주만 이어졌다. 이제 혈기가 왕성할 나이는 많이 지났으니, 언제 아내와 소주라도 한잔하는 날 2차로 노래방을 한 번 가보려 한다. 오디션이다.

사람들에게 멋진 실력을 선보이고 환호성을 받고 싶은 마음은 없다. 방콕의 길거리에서 노래를 부르며 행복해하던 태국 청년의 표정을 나도 한번 지어보고 싶을 뿐이다. 나의 기타와 아내의 노래가 소음으로 느껴질 정도는 아니라는 자신감이 들 때, 그리고 길거리 사람들의 시선을 아무렇지 않게 웃어넘길 수 있는 뻔뻔함이 생길 때, 그게 언제가 될지는 모르겠지만, 아내와 함께 곱게 무대 의상을 차려입고 길거리로 나가보려 한다.

돈 문제는
명확해야 한다

"이번 달에 얼마나 썼어?"

아내가 가계부를 적는 스프레드시트를 열어 월초부터 사용한 금액을 살핀다. 식사 시간이 다 되어서 공연히 생활비를 물어보는 이유를 아내도 잘 알고 있다. 식사 준비가 귀찮으니 외식을 하면 어떨까 했지만, 이번 달 쓴 비용을 확인한 아내는 단호했다.

"벌써 100만 원이 넘었어."

한여름 무더위가 기승을 부리면서 부엌에 들어가는 게 내키지 않았다. 그럴 때마다 밖에서 사 먹자 했다. 전달보다 외식을 많이 하긴 했지만, 그래도 그리 비싸지 않은 것들로만 먹었으니 아직은 생활비 여유가 있을 거라 생각했다.

"주말에 마트에서 장 한 번 보면 끝이야. 오늘은 외식 안 돼. 뭐 당신이 사는 거면 나가서 먹어도 되고."

한 달 용돈으로 10만 원밖에 주지 않으면서 밥을 사라니. 인심은 넉넉한 곳간에서나 나는 법이다. 내심 기대하는 아내의 눈빛을 외면하며 음식 재료를 보관하는 선반을 열었다. 손이 많이 가지 않으면서 맛있게 먹을 저녁거리가 뭐가 있을까. 쌓아 올린 즉석밥 옆으로 소면이 보였다. 며칠 전 장모님이 주셨던 열무김치가 떠올랐다.

"열무국수 어때?"

한 달을 250만 원으로 살자 했다. 그중 50만 원은 양가 부모님에게 드리는 용돈이니 우리가 한 달에 쓸 수 있는 금액은 200만 원이다. 아파트 관리비나 통신비, 보험료 등 매달 고정으로 들어가는 돈이 70만 원이다. 그걸 제하고 남는 130만 원으로 한 달을 꾸린다. 130만 원의 소비 기준은 나름 명확하다. 둘이 함께 쓰는 것들이거나 생활에 꼭 필요한 것들, 이를테면 장 보는 데 드는 비용이나 외식비 등이 130만 원에 포함된다. 어쩌다 한 번씩 사는 계절 옷이나 미용실, 화장품 비용도 생활비에서 쓸 수 있다. 혼자를 위한 것에 생활비를 건드리면 안 된다. 누군가 약속이 있어 홀로 밥을 먹어야 할 때, 집에 있는 재료들을 마음껏 써서 차려 먹는 건 뭐라 하지 않지만, 밖에서 나가 사 먹는다면 각자의 용돈을 써야 한다. 주유비나 톨게이트비는 생활비가 맞지만, 혼자 다녀오는 여행에서의 주유비와 톨게이트비는 생활비로 쳐 주지 않는다.

"우유랑 식빵 없길래 내가 사놨어. 이체해 줘."

얼마 되지 않는다고 무시할 수가 없다. 10만 원의 용돈으로 감당하기엔 꽤나 큰 금액이다. 받을 건 받아야 한다. 돈 문제만큼은 명확해야 한다.

내가 은퇴하면서 바로 한 달 생활비를 조정했으니, 예정했던 250만 원으로 한 달을 산지 이제 반년이 지났다. 남기지도 않았지만, 한도를 초과하지도 않았다. 맞벌이를 할 때도 250만 원을 넘기지 않았던 적이 꽤 있었다. 둘 다 갖고 싶은 것이 별로 없었고, 필요한 걸 사더라도 그리 비싸지 않은 걸 골랐다. 회사에서 받는 스트레스를 값비싼 숙성한우로 달래려 하는 아내가 그나마 250만 원의 생활비를 위협하는 한 가지 변수였는데, 은퇴를 하고 회사 일을 하지 않으면서 아내는 더 이상 스트레스를 받지 않았다. 어쩌다 스트레스 해소용이 아닌, 순수한 마음으로 소고기가 먹고 싶을 때면 마트에서 사다가 불판에 직접 굽는다.

"우리 가스버너 쓴 지 한 10년 됐나?"

익고 있는 고기에 정신을 빼앗기던 평상시와는 달리 아내의 시선이 오래된 가스버너에 고정되었다. 얼마 전 가스 불의 세기를 조절하는 손잡이가 부러졌는데, 이음새를 잘 맞추기만 하면 가스 불을 켜고 끄는 데는 문제가 없어서 아쉬운 대로 버리지 않고 그냥 쓰고 있던 가스버너였다.

"이제 집에서 자주 고기 구울 거잖아. 내가 예쁜 거 봐 놓은 게 있는데."

"너 용돈으로 산다면야 굳이 말리지는 않을게."

둘이 함께 쓸 물건이니 생활비로 사기야 하겠지만, 혹시나 하며 괜히 슬쩍 던져본다.

"별로 안 비싸. 다음 달 외식 한 번만 줄이면 돼."

역시나 아내도 돈 문제에 있어서는 나만큼이나 명확하다.

명확한 기준을 세워놓은 생활비처럼, 앞으로 생길지 모르는 각자의 소득에 대해서도 미리 손을 봤다.

"혹시라도 나중에 누군가 돈을 벌면 그건 다 생활비인가?"

둘 다 다시 회사에 다닐 일은 없을 거고, 회사 말고는 돈을 벌 다른 방법을 알지도 못하면서 논쟁이 시작됐다.

"생활비로 다 내놓는 건 너무하잖아. 그럼 나 앞으로 돈 안 벌래."

돈을 벌지 않겠다는 선전 포고에 아내가 흠칫했다. 은퇴를 했으니 돈을 벌지 않겠다는 게 딱히 이상할 것도 없는데 한참을 고민하던 아내가 당근을 제시했다.

"그럼 250만 원까지만 생활비로 내고 나머지는 갖는 거로."

1,000만 원을 벌면 생활비를 제외한 내 돈이 750만 원이나 생긴다. 나쁘지 않았다. 아내가 내민 당근을 덥석 잡았다.

시간이 지나 다시 생각할수록 아내가 내밀었던 당근이 시들해 보였다. 은퇴한 내가 무슨 재주로 1,000만 원을 번단 말인가. 회사를 다닐 때도 내 월급은 1,000만 원 근처에도 가지 못했었다. 아내를 다시 협상 테이블에 앉혔다.

"나 그냥 돈 안 벌래."

한 번 써먹은 공격이어서인지 아내의 표정이 이전과 다르게 시큰둥하다. 급히 다음 말을 이었다.

"글찮아. 생각해 봐. 내가 무슨 수로 250만 원 이상을 벌어서 내 몫을 남기겠어."

말을 들은 아내는 다행히 무리한 문제 제기가 아니라는 눈치다. 아내가 내놓을 두 번째 당근을 기다렸다.

"좋아. 그럼 절반은 생활비, 절반은 용돈. 더 이상은 안 돼."

벌게 될 돈의 절반은 내 몫이라 했다. 그럴 리는 없겠지만, 혹여 1,000만 원을 벌더라도 생활비로 내놓아야 하는 한도도 250만 원까지라 했다. 만족스러운 제안이었지만 티를 내지는 않았다. 마지못한 척 아내의 두 번째 당근을 잡으며 괜히 한마디를 보탰다.

"소득세가 절반이라니. 너 완전 북유럽 스타일이네."

은퇴 후 살아가면서 지켜야 할 규칙들은 은퇴를 하기 전부터 하나둘 준비했었다. 특히나 생활비처럼 돈과 관련된 부분은 몇 번이나 고쳐가며 이리저리 다듬었었다. 시간이 날 때마다 꾸준히 이야기를 나누며 혹여 놓치는 게 있는지를 찾았고, 미처 생각 못 했던 부분을 메웠다.

공들였던 계획은 은퇴 몇 달이 지난 지금까지는 큰 무리가 없다. 생활비는 한도 내에서 사용했고, 그 한도가 딱히 부족하다고 느끼지 않는다. 둘 다 벌이가 없어 소득 분배의 규칙은 아직 한 번도 적용해 보지 못했지만, 이것도 많은 대화로 매만진 거니 특별히 문제는 없을 듯싶다. 어쩌면 이 규칙은 앞으로도 계속 꺼내 써 보지 못할 수도 있고.

인삼주를
담그는 이유

11월을 기다리고 있다. 집에서 익어가고 있는 인삼주를 맛볼 수 있는 달이 11월이다. 올해 4월, 병 속에 인삼을 듬뿍 넣고, 담금주를 가득 부어 밀봉해 놓았다. 집에서 담그는 세 번째 인삼주이다. 생수처럼 투명하던 술이 이제는 제법 제 색을 낸다. 맑은 황금빛이다. 인삼의 맛과 향이 우러나오는 데 6개월은 걸린다고 하니, 11월까지는 기다려야 한다.

작년 봄에 두 번째 인삼주를 담그면서 아내에게 말했다.

"우리 둘 다 은퇴하면 그때 기념으로 따자."

인삼주를 담그던 때, 난 이미 퇴사를 준비 중이었다. 나의 퇴사가 늦어질 리는 없었다. 퇴사까지는 인삼주가 다 익을 6개월이면 충분했다. 나보다는 아내의 퇴사 시기가 중요했다. 아내는 퇴사에 의욕을 보이면서도, 걱정을 하기도 했다.

"그때까지 퇴사할 수 있겠지?"

4월은 아내가 퇴사하려는 내색을 아직 회사에 보이지 않았을 때였다. 맡고 있던 프로젝트의 종료가 8월이라 했다. 프로젝트를 마치고 홀가분하게 퇴사하고 싶어 했다. 하지만 프로젝트는 언제나 늘어진다. 두세 달만 늘어져도 10월이나 11월. 그때 퇴사를 하면 연말에 나올 인센티브가 아까워질 시기다.

"인센티브 포기가 아깝지 않으려면, 늦어도 9월에는 퇴사해야 해."

9월은 괜찮고, 10월은 아까울 만큼 한 달이란 시간이 긴 건가 하는 생각을 했지만, 아내가 그렇단다. 잘 이해는 안 돼도, 그렇다니 그런가 보다 하고 넘긴다. 퇴사가 아닌 휴직이지만, 어쨌든 아내는 9월에 회사에서 벗어났고, 6개월 동안 숙성시킨 인삼주로 둘의 은퇴를 기념했다.

첫 번째 인삼주를 담근 건 재작년 봄이었다. 영화 〈리틀 포레스트〉에서 혜원, 은숙, 재하가 개울가에서 인삼주를 마시는 모습이 좋아 보였다. 인삼주를 담그고 싶어졌다. 막걸리도 도전해 보고 싶었는데, 손이 많이 갈 것 같아 은퇴 이후로 미뤘다.

인터넷에 인삼을 검색했다. 가장 먼저 보이는 사이트가 금산인삼을 도매로 판다는 사이트였다. 인삼 종류는 다양했다. 원수삼, 난발삼, 파삼, 삼계삼, 뿌리삼…. 머리가 아팠다. 선택부터 만만찮았다.

"산삼, 인삼, 홍삼 중에서 인삼만 고르면 되는 줄 알았는데."

공부가 필요했다.

걱정했던 것보다 구분이 어렵지는 않았다. 모양이 예쁜 원수삼, 안 예쁜 난발삼, 상처가 있는 파삼, 자잘한 걸 모아놓은 뿌리삼. 모양으로 구분해 놓은 거라 효능은 다 비슷하다고 했다. 원수삼이 가장 비쌌고, 뿌리삼이 가장 저렴했다. 750g에 26,000원. 인삼을 파는 단위는 채. 한 채의 무게는 750g을 말한다는 걸 처음 알았다. 뿌리삼 한 채를 주문했다.

3일 후, 인삼이 담긴 택배 상자를 열자 깨끗하게 세척된 인삼이 보였다. 집 안에 쌉싸름한 인삼 향이 진동했다. 냄새만 맡았는데도 건강해지는 느낌이었다. 한 조각을 입에 넣어봤다. 몸에 좋겠구나 생각이 들 만큼 충분히 썼다. 마트에서 미리 사놓은 병에 인삼을 담고 술을 부었다. 잔뿌리 몇 개가 술에 잠기지 않고 삐쳐 올라왔다. 신경이 쓰였다. 젓가락으로 밀어 넣었더니 다른 잔뿌리가 고개를 들었다. 몇 번 시도하다 이런 사소한 거로 예민해지지 않기로 마음먹었다. 밀봉을 하고, 집 안의 햇빛이 잘 안 드는 서늘한 곳으로 옮겼다.

인삼주에 황금빛이 도는 건 더뎠다. 하루에도 몇 번씩 확인하는 내 마음이 조급했는지도 모른다. 화초를 키우는 게 이런 기분일까. 어제오늘 같은 키로 보이지만 한 달쯤 지나면 화초의 키가 분명 자라 있는 것처럼, 인삼주의 색깔도 그만큼의 시간이 필요하겠지.

인삼주를 따는 날을 정해야 했다. 생일이나 결혼기념일 정도의 날에 따기엔 돈과 정성이 잔뜩 들어간 인삼주가 아까웠다. 정말 기쁜 날을 찾아야 하는데. 인삼주를 따기에 충분히 좋은 날. 이럴 땐 아내가 늘 해답을 제시한다.

"집 대출을 다 갚는 날 따자."

역시 아내의 선택은 탁월하다. 생일보다도, 결혼기념일보다도 기쁜 날. 빚을 다 갚는 날. 집이 은행 것에서 우리 것이 되는 날.

작년 3월에 마지막 대출금을 상환했다. 대출 잔고가 '0'인 화면을 캡처해 아내에게 전송했다. 그날 저녁, 인삼주를 땄다.

12월, 지금 쓰고 있는 책이 출간되면 세 번째 인삼주로 기념을 하기로 했다. 그리고 내년 봄에 다시 새로운 인삼주를 담글 예정이다. 인삼주를 따기에 아깝지 않을, 충분히 좋은 날도 찾아야 한다. 지금까지 두 번의 인삼주를 땄다. 대출을 다 갚아서, 은퇴를 해서. 내년엔 어떤 날들을 빛내려 할까. 이전 같은 좋은 날이 또 있을까. 그 좋은 날을 찾을 때, 들뜬 마음으로 인삼주의 황금빛이 속히 짙어지길 아내와 함께 기다릴 거다.

Part 06

낯선 동네에서
살아보기

남들보다 조금은 느려도 괜찮다.
우리가 살아갈 앞으로의 날들이 궁금해진다.

낯선 동네에서
살아보기

　은퇴를 몇 달 남긴 작년 봄. 퇴직일을 기다리는 시간은 더뎠다. 은퇴까지 이제 정말 얼마 남지 않았다고 생각하니 하루하루가 한없이 느리게 흘러갔다. 회사 생활 하는 내내 프로젝트의 마감 일정에 쫓겼다. 부족한 시간을 야근으로 채워가며 업무와 씨름하다 마침내 끝날 것 같지 않던 프로젝트를 털어내면, 그새 두어 개의 계절이 훌쩍 지나 있었다. 이런 시간을 20년 가까이 보냈다. 시간이 더디게 흐르는 건, 전엔 미처 겪어보지 못한 경험이었다. 퇴근 시간만을 기다리는 늦은 오후, 다시 한번 달력을 열어 은퇴하기까지의 일수를 셌다. 64일이 남았다.

　"아. 오전에도 64일 남았었는데. 그대로네."

　그즈음 은퇴 후의 하루하루를 무엇으로 채워나갈까를 상상하는 것이 버티는 힘이 되었다. 지친 하루를 깨우는 비타민이었다.

'일단 아침에 일찍 공원을 한 바퀴 달려야지.'

'매일 그림을 그리면 풍경 정도는 그럴듯하게 담아낼 수 있겠지?'

'언제쯤 외국인과 대화다운 대화를 나눠 볼 수 있을까. 영어도 해야 해.'

시간이 없다는 핑계로 마음속으로만 가지고 있었던 바람들을 끄집어 머릿속에 그려보는 건 해도 해도 지겹지가 않았다.

가장 길게 꼬리를 물고 이어졌던 상상은 '낯선 동네에서 살아보기'였다. 외국의 낯선 동네에서 몇 달 동안 살아본다는 건 직장을 다니며 힘들게 마련한 고작 며칠 만의 휴가로 떠난 여행으로는 미처 느낄 수 없는, 그래서 아직까지 한 번도 경험해 보지 못한 소망이었다. 그네들의 동네에서 눈을 뜨고, 그네들의 시장에서 장을 봐온 식자재로 밥을 지어 먹고, 그네들의 산책로를 걷고, 그네들의 지는 해를 바라보는 것. 이런 그네들과 비슷한 하루하루로 한 달, 두 달을 채워나가는 상상은 가뜩이나 멀게만 여겨지던 퇴직일에 한 발씩 다가가는 걸 더욱 더디게 느껴지도록 만들었다.

"겨울마다 따뜻한 동남아에서 두 달 정도씩 살아보는 거 어때?"

우리가 은퇴 후 한 달에 쓰기로 한 생활비가 250만 원이잖아. 아파트 관리비 같은 고정 비용을 모두 더하면 한 달에 120만 원 정도니까 그걸 제하고 남는 130만 원으로 한 달을 살아간다는 건데, 그 정도면 태국이나 베트남 같은 데서도 충분히 살 수 있어. 에어비앤비로 싼 숙소 구하고 음식도 직접 해 먹으면 될 거야. 대신 여행 갔을 때처럼 이곳저곳 관광은 못 해. 그냥 그곳의 현지인처럼 살다가 오는 거야. 철새처럼 겨울의 추위만 피하는 거지. 음, 비행깃값이 가장 큰 문제이긴 한데, 그래도 엄연히 외국에 나가는 거잖아. 비행깃값 정도의 예산 초과는 감수해야겠지?

계획한 한 달 생활비만으로 동남아의 나라에서 살아본다는 발칙한 상상에 아내가 힘을 보탰다.

"한 달 이상 외국으로 나가면 그 기간 동안 지역 의료 보험료를 안 내도 된대. 두 달어치의 의료 보험료면 비행깃값은 대충 되지 않을까? 부족하면 좀 더 아껴 살면 되지."

한 달에 20만 원 가까이 될 의료 보험료 면제는 생각도 못 했었다. 계획은 의외로 완벽했다. 허무맹랑한 이야기가 아니었다. 한국에서의 생활비만으로 외국에서 살아보겠다는 건 막상 하나하나 따지고 보니 그렇게 발칙한 것도 아니었다.

올해 겨울은 동남아의 어떤 나라에서 반팔 티와 반바지를 입고, 겨울인데 뭐 이렇게 덥냐는 농담을 던지면서 살게 될 줄 알았다. 하지만 예년과 마찬가지로, 한겨울의 매서운 추위를 한국에서 버텨야 했다. 아내와 내가 한 가지 미처 예상하지 못했던 변수가 있었다.

코로나.

처형네는 우리 집에서 차로 20분 정도 떨어진 곳에서 장모님과 함께 살았다. 처형이 결혼과 함께 정착해 10년 넘게 살아오던 그 동네는 대중교통이 불편했다. 그 동네에서 처형의 회사까지는 2시간이 넘게 걸렸고, 아침 8시까지 회사에 도착하기 위해서는 새벽 5시에 일어나 준비하고 새벽하늘을 보며 집을 나서야 했다.

"언니. 교통 편한 데로 이사 좀 가라니까."

제시간에 퇴근하고도 밤 10시가 되어야 집에 도착하는 언니를 아내는 늘 안쓰러워했다.

"그래야 엄마도 어디 다니실 때 좀 편하게 다니시지."

얼굴을 볼 때마다 이사 가기를 채근하는 아내의 바람을 들어주기라도 하듯, 처형네는 얼마 전 교통이 좀 더 나은 동네에 새집을 구했다. 처형네의 이사 준비는 만만치 않았다. 처형네 집으로 들어올 사람들을 위해 빨리 집을 비워줘야 했고, 새로 이사 갈 집의 사람들이 나가야 비로소 처형네가 새집으로 들어갈 수 있었다. 그런데 집을 비우는 시기와 새집에 들어가는 시기가 서로 맞지 않았다. 이리저리 정신없이 조율해 보아도, 두 달의 시간이 붕 떴다. 집을 비우는 건 3월인데, 새집에 들어가는 건 5월이었다. 두 달 동안 임시로 지낼 거처를 마련해야 했다. 키우던 강아지까지 데리고 임시로 두 달만 지낼 집을 구하는 건 쉽지 않았다.

"우리 집에서 지내셔도 될 텐데. 이참에 우린 어디 여행이라도 가는 거지."

"그러게. 그때 제주도 가면 좋겠다. 봄 제주도 진짜 좋은데."

"처형하고 한번 얘기해 봐."

두 달간 우리 집에서 지내도 되겠냐는 연락은 처형네에서 먼저 왔다. 우리가 미처 제안을 하기 전이었다. 처형은 못내 조심스러워했지만, 우리에겐 전혀 그럴 일이 아니었다. 집을 비워줄 두 달간 우리의 숙박비를 지원하겠다는데, 그 좋은 조건을 마다할 리가 없었다.

제주도의 봄은 화려하다. 3월이면 노란 유채꽃이 지천이고, 4월이면 벚꽃이 흐드러게 핀다. 제주도 남쪽의 작은 섬인 가파도가 청보리로 뒤덮이는 때도 이즈음이다. 내가 아는 한 제주는 봄이 가장 좋다. 다양한 빛깔로 채색되는 봄의 제주.

제주의 낯선 동네에서 두 달간 살아보기로 결정했다.

마당 있고 볕 잘 드는
곳으로

정해진 건 제주에서 보내게 될 기간이 두 달이라는 것뿐이었다. 떠나고 돌아올 정확한 날짜가 확정되지 않았던 작년 11월, 아내는 매일 핸드폰을 열어 제주에서 두 달간 지낼 숙소를 찾았다. 숙소의 종류를 가리지 않았다. 오피스텔 원룸부터 빌라, 타운하우스, 단독주택까지. 아내는 핸드폰에서 눈을 떼지 않은 채 이따금씩 혼잣말을 했다.

"아 여기 좋은데, 너무 비싸다."

"너무 외진 곳인가? 근처에 식당은 좀 있어야 할 텐데."

위치 또한 가리지 않았다. 제주시에서 서귀포시까지, 바닷가에서 중산간까지. 마치 아내는 제주에 있는 모든 숙소를 전부 찾아내 하나하나 따져보는 듯했다. 제주에 들어가고 나올 날짜가 아직 확정되지 않았는데도 아내는 열심이었다. 모든 게 확실히 결정이 되어야 움직이는 나와는 달랐다.

아내는 눈앞에 보이는 일들을 가만두지 못한다. 오늘 할 일을 내일로 미루는 건 당연히 있을 수 없는 일이고, 더 나아가 내일 할 일마저 오늘 당겨서 한다. 아직 추운 기운이 남아있는, 그리고 마지막 꽃샘추위가 웅크리고 있는 2월 말. 아내는 옷걸이에 걸려 있는 겨울옷들을 빨리 처리하고 싶어 했다.

"이제 겨울옷 세탁소에 맡길까?"

아직 2월이고, 2월이면 겨울이다. 할 일들을 찾느라 의욕이 넘치는 아내를 애써 말린다.

"아직 추워서 안 돼. 세탁소에 맡기더라도 다시 꺼내서 입을 거야."

언제부터인가 난 여행 준비라는 걸 하지 않고 있다. 비행기 표를 알아본다든가, 묵을 숙소를 찾아 예약한다든가, 여행지에 대한 정보를 찾아보는 건 모두 내가 나서기도 전에 아내가 마무리를 짓는다. 나 역시도 여행 준비는 미리미리 해둘수록 괜찮은 곳을 보다 저렴하게 예약할 수 있다는 걸 알지만, 나에게는 여행 준비를 하는 나름의 기준이 있다. 비행기나 묵을 숙소는 6개월 정도 전, 여행지를 알아보는 건 떠나기 한두 달 전. 그 정도면 충분했다. 아내는 나와 달랐다. 아내의 여행 준비는 여행을 가기로 한 날부터 시작되었고, 일주일 정도가 지나면 항공권, 여행 동선, 그에 따른 숙박 예약이 모두 완료되어 있었다.

제주살이가 결정되고, 아내를 힘들게 했던 건 처형네의 이사 날짜가 아직 확정되지 않았다는 점이었다. 이미 찾아본 숙소는 수십, 수백 개인데, 체크인, 체크아웃할 날짜를 알 수 없어 숙소 예약이 계속 미뤄지는 걸 아내는 답답해했다. 처형을 압박하기 시작했다.

"이사 날짜는 언제 확정되는 거야? 우리 숙소 예약해야 하는데."

하루 이틀 지나서 또다시 처형에게 연락을 한다.

"아직 확정 안 됐나? 맘에 드는 숙소 다 빠지기 전에 예약해야 하는데."

모아놓은 돈이 바닥을 보일 3년 정도 후에, 지금 살고 있는 곳을 정리하고 지방으로 내려갈 계획을 세웠다. 요즘 아내와 가장 많이 이야기하는 건 지방으로 내려갔을 때 살 집의 형태이다. 살기 편하고 익숙한 아파트에서 살 것인지, 마당이 있는 단독주택에서 살 것인지. 마당에 가꾼 작은 텃밭을 햇볕이 잘 비치는 툇마루에 앉아 한가로이 바라볼 수 있는 단독주택에 마음이 더 가긴 했지만, 둘 다 한 번도 주택살이를 경험하지 못했다. 먼저 살아본 사람들이 이야기하는 단독주택의 단점들을 들을 때마다, 우린 두려웠다.

"이번에 단독주택에서 한번 살아볼까?"

아내는 제주에서의 두 달간을 단독주택에서 살아본다면, 우리가 두려워하는 단독주택에 대해 어느 정도 파악이 가능할 거라 이야기했다.

"음. 그거 괜찮겠다. 바닷가 쪽의 작은 동네에 마당 있고 볕 잘 드는 곳으로."

"바닷가? 음, 그러면 여기 한번 봐봐. 내가 좀 찾아봤는데."

애월, 조천, 함덕, 세화, 대정. 바닷가 동네별로 단독주택들이 기다렸다는 듯이 쏟아져 나왔다. 이 많은 걸 언제 다 찾았는지.

"두 달 사는데 200만 원에서 250만 원 정도면 되더라고."

아내가 찾아본 숙소들은 꽤나 괜찮았다. 이렇게나 넓고, 깨끗하고, 관리가 잘 된 숙소를 두 달이나 빌리는데 200만 원이면 된다니. 서울만 벗어나면 행복하다. 세화 쪽의 숙소가 맘에 들었다. 바닷가와 맞닿아 있는 한적한 동네지만 5일마다 장이 서고, 새로 생긴 식당들도 군데군데 있어 지내기에 편해 보였다. 무엇보다 마당을 품은 아담한 집이 이뻤다.

"세화 쪽 정말 나 이런 데서 꼭 한번 살아보고 싶었어."

"그치? 나도 세화 쪽에 계속 눈이 가더라고. 그럼 세화로 예약한다!"

아내는 핸드폰을 열어 바로 예약을 하는가 싶더니, 어쩐 일인지 고개를 갸우뚱하며 머뭇거렸다.

"아. 좀 이상한데. 결제 금액이 왜 이렇지?"

불안하다. 무슨 일이길래.

"아까 말했던 가격이 두 달 치가 아니라 한 달 치인가 봐."

아. 어쩐지 너무 싼 느낌이더라. 마음에 들었던 세화의 아담한 단독주택은 두 달에 500만 원 가까이 되는, 결코 저렴하지 않은 숙소였다. 핸드폰에 큼지막하게 표시되었던 금액은 한 달 기준이었고, 그걸 아내는 두 달 치의 금액이라고 지레짐작했던 거다.

한 달 100만 원 안팎의 숙소를 다시 찾아보기 시작했다. 하지만 좋은 숙소를 잔뜩 봐서 그런지, 찾는 숙소마다 눈에 차지 않았다. 볕이 잘 드는 널찍한 마당이, 한껏 제주스럽게 꾸며진 아담한 집이, 잡지에서나 본 듯한 집 내부의 깔끔한 인테리어가, 그래서 그만큼이나 비싼 값을 자랑하는 집들이 머릿속을 떠나지 않았다. 이걸 노린 건가. 아내는 아니라고 하지만, 노린 게 분명하다. 아내의 작전은 성공했다. 나의 눈은 이미 높아져 버렸다.

숙소는 조천 바닷가에 인접한 조용한 동네의 단독주택으로 결정했다. 한 달 190만 원짜리 숙소였다. 제주 고택을 리모델링해 깨끗했고, 현무암으로 쌓아 올린 키 작은 담이 아담한 단층집과 화산 송이가 곱게 깔린 마당을 둘러싸고 있었다. 우리 형편엔 조금 비싼 느낌이었지만, 단독주택이고 비용의 일부를 처형네가 지원을 한다는 게, 그리고 아내 덕분에 이미 높아져 버린 눈이 이 집의 선택을 오래 고민하지 않게 했다.

다시,
제주살이의 시작

아침 9시. 제주행 배편이 있는 완도의 하늘은 맑았고, 바람은 잔잔했다. 숙소를 나와 두 달 치의 짐이 가득 실린 차를 몰아 완도항으로 갔다. 평온한 바다 위로 우리가 타고 갈 여객선의 모습이 보였다. 안내자의 수신호에 따라 차량을 선적하는 배 밑 후미로 이동했다. 배 안쪽엔 이미 우리와 함께 제주로 갈 차량이 줄지어 있었다. 이제 채워지고 있는 줄을 따라 뒤쪽에 차를 세웠다. 차량을 통제하던 사람들은 능숙하게 차바퀴에 줄을 묶어 배 바닥에 단단히 고정시켰다.

"이제 배 타고 조금만 가면 제주야."

6년 만의 제주였고, 결혼 이후 처음 가는 제주였다. 집을 나와 첫 독립생활을 하고, 아내를 만나고, 곳곳을 다니며 연애를 하고, 평생 함께할 결심을 했던 곳. 아내와 술이라도 한잔할 때, 어느 정도 취기가 오르면 꺼내는 설렜던 연애 때의 이야기. 울고 웃었던 모든 이야기의 배경인 제주에 1시간 20분 후면 도착한다.

6년 전 아내와 결혼을 약속하고, 함께하는 새로운 삶을 위해 4년 간 살던 제주를 떠나던 날도 하늘은 맑았고, 바람은 잔잔했다. 배 뒤편에 서서, 완도로 향하는 배의 속도만큼 조금씩 멀어져 가는 한라산이 더 이상 보이지 않을 때까지 지켜보았다. 바다 너머로 '언제 또 여길 와 볼 수 있을까' 되뇄었다. 서울에서 제주까지는 비행기로 한 시간도 채 안 걸리는 거리이고, 언제라도 마음만 먹으면 다시 찾는 거야 그리 어려운 일도 아닌데, 이유도 모른 채 그날이 마지막이라도 되는 듯 심란했었다.

제주로 가는 배 안에서 그날의 기억이 났다. 그날 그렇게 심란했던 이유는 짧은 여행을 마치고 떠나는 것과는 다른, 정 붙이고 살던 곳을 떠난다는 아쉬움 때문이 아니었을까. 제주를 떠나면서 되뇄던 '언제 또 여길 와 볼 수 있을까'의 의미를 지금 와서 다시 되짚어보니 이런 느낌이었다.

'언제 또 여기서 다시 살아볼 수 있을까.'

다시 찾은 제주는 여전했다. 옥빛 바다에서 일렁이는 파도, 멀리 우뚝 선 한라산을 비껴 불어오는 상쾌한 바람, 그 바람이 급하게 몰고 가는 구름을 풀어놓은 넓은 하늘. 하긴 이런 게 변할 리는 없겠지. 6년 전에는 비어있던 땅에 새로 들어선 건물들이 몇몇 보였지만, 내가 살던 제주 그대로의 모습이다.

"제주 가면 가장 먼저 먹어보고 싶은 건?"

"우리 살던 동네 밀면!"

밀면은 제주에서 처음 경험했었다. 최고의 수육집을 찾아냈다며, 줄 서서 먹는 곳이라며, 지금까지 자기가 먹어 본 것 중 가장 맛있는 수육이라며 호들갑을 떨던 회사 동료의 추천으로 찾아갔던 식당에서, 아내와 난 수육보다 밀면에 반했다. 온 김에 한번 맛이나 보자며 시켰던 밀면은 우리가 수육을 먹으러 이 식당에 왔다는 걸 잊게 했다. 그 맛있다던 수육은 단지 밀면에 딸려 나오는 사이드 메뉴처럼 느껴졌다.

"밀면이라는 게 이렇게 맛있는 거였어?"

밀면이 부산의 음식이라는 걸 알고, 부산 여행 중 몇 군데 찾아가 먹어보긴 했지만 내가 알던 맛이 아니었다. 밀면을 좋아한다고 생각했었는 데 그게 아니었다. 내가 좋아했던 건 그 식당의 밀면이었다.

서귀포 쪽의 산방산 근처까지 차로 40분을 달려가야 먹을 수 있었던 그 밀면집이 아내와 내가 살고 있던 동네에 새롭게 분점을 냈다. 걸어갈 수 있는 거리였다. 더 이상 7천 원짜리 밀면을 먹겠다며 한라산 너머의 동네까지 갈 필요가 없었다. 느지막이 잠에서 깬 주말 점심으로도 먹고, 일찍 퇴근한 평일 저녁으로도 먹었다. 질리지 않았다. 그 집의 단골이 됐다. 6년 만에 찾아간 그 집의 밀면은 그때보다 가격이 좀 오르긴 했지만, 기억하고 있는 그 맛이었다.

식당을 나와 아내와 내가 살았던 동네를 걸었다.

"아. 저 카페 아직 있다."

"여기 흑돼지집 있지 않았나? 없어졌나 봐."

"저기 나 살던 집 보인다. 너 엄청 드나들었었는데. 거의 너희 집이었지."

"우리 집 앞 주차장 그대로네. 남편, 기억나나? 당신이 주차장 뷰라고 엄청 무시했잖아."

제주 어디에나 있는 흔하고 평범한 길, 동네였다. 하지만 아내와 나, 4년의 세월이 얹어진 그 동네는 길 구석구석, 집 하나하나가 특별했다. 이야기는 끊이지 않았다. 보이는 집들, 돌아가는 골목길 모두가 이야깃거리였다.

"이 길, 당신하고 손잡고 걷는 건 처음이다."

문득 생각이 났는지, 아내가 멈춰 서서 말했다. 같은 동네에 살고, 그렇게나 자주 만나 이 동네를 걸었지만, 한 번도 손을 맞잡고 걷지 못했다. 사내 연애였고, 연애는 비밀이었다. 이 동네에는 회사 사람들도 많이 살았다. 모퉁이 2층 빌라의 창문에서, 길 건너 낮은 담 너머 집의 창문에서 회사 사람들이 지켜보고 있는 것 같았다. 둘 다 겁이 많았다. 가로등 불빛만 있는 어두운 밤에도 아내와 난 한 번도 손을 잡아볼 생각을 하지 못했다. 제주에서의 연애는 그랬다.

"그러네. 이 길, 처음 손잡고 걸어보네."

제주에서의 첫날, 값비싼 갈치구이나 흑돼지가 아닌 몇천 원밖에 하지 않는 밀면을 먼저 찾고, 사람들로 북적대는 성산 일출봉이나 협재 바닷가가 아닌 둘의 기억이 쌓여 있는 흔하고 평범한 동네 길을 먼저 걸었다. 어쩌면 당연한 일이다. 우리에게 제주는 유명한 관광지이기 전에 4년 동안의 이야깃거리가 곳곳에 넘쳐나는, 우리가 살던 곳이기 때문이다. '언제 다시 살아 볼 수 있을까'라는 기약 없던 바람은 떠난 지 6년이 지나고 이루어졌다.

다시, 제주살이의 시작이다.

동네,
즐길 준비를 한다

숙소는 조천 바닷가와 그리 멀지 않은 곳에 있다. 숙소에서 몇 걸음만 걸어 나가면 조천의 바다가 보이고, 바다가 가로막아서 걸음을 멈추어야 하는 곳까지도 1분이 채 걸리지 않는다. 테이블을 놓은 거실의 커다란 창으로 바다가 보이면 더 좋았겠지만, 앞집의 담이 가리고 있다. 대신 앞집의 담 사이 골목길은 올레길 18코스가 지난다. 거실 테이블에 앉아 창의 반 이상이 하늘인 밖을 바라보면 이따금씩 올레길을 걷는 사람들이 지나간다.

지도 앱을 열어 숙소의 위치를 다시 확인했다. 숙소에서 동네 길을 따라 3.3km를 더 걸어가면 올레길 18코스의 끝, 19코스의 시작 지점이었다.

"한번 가볼까? 아침에 달릴 만한 길인지."

3월의 공기는 아직 차가웠지만 내놓은 손이 시릴 정도는 아니었다. 바다에서 불어오는 바람이 상쾌했다. 제주의 낮은 집들을 끼고 도는 구불구불한 길은 아스팔트가 잘 깔려 있었다. 갈림길이 나올 때마다 올레의 파란 화살표가 우리가 가야 할 곳을 가리켰다.

마을을 벗어나면 탁 트인 바다가 펼쳐지고, 바다로 난 길을 따라 걷다 보면 또 다른 마을이 나왔다. 차들이 달리는 큰 도로와 떨어진, 마을 안쪽의 돌담이 이어지는 작은 길을 따랐다. 길은 한적하고 조용했다. 다니는 차들이 없어서 걸음을 방해하지 않았다. 길을 걷는 소리가 달리는 차에 묻히지 않아 조용한 동네를 채웠고, 발걸음 소리를 들은 동네 개들이 우리가 가는 길을 따라 짖었다. 집 사이로 난 작은 길. 사전 뜻 그대로인 올레길의 모습이다.

한 시간쯤 걸려 올레길 18코스가 끝나는 곳에 도착했다. 달리기 힘든 오르고 내리는 길은 없었다. 한두 군데 바다를 더 가까이에서 볼 수 있도록 배려한 돌길과 양옆으로 유채꽃이 길 따라 이어진 흙길도 있긴 했지만, 거친 길은 피하고 다른 편한 길로 돌아가면 별 문제 될 게 없었다. 걸어온 길 그대로 달리면 좋겠지만, 왕복 7km나 되는 거리가 조금 부담스러웠다. 길은 평소에 뛰던 거리보다 2km 정도가 더 길었다. 달리기를 늦게 시작한 아내가 괜찮을지 걱정이 됐다.

"길 진짜 좋지 않아? 근데 왕복하면 좀 길겠어."

아내 역시 길이 마음에 들었는지 자신만만하게 의욕을 보인다.

"뭐 어때. 그냥 조금 더 건강해지면 되는 거지."

맛집을 찾아가려면 정성을 들여야 한다고 생각했었다. 사람들에게 소문을 듣고, 어디인지 위치를 알아보고, 어느 정도 먼 곳에 있어 마음먹고 시간을 내야만 들를 수 있는 곳. 자리에 바로 앉지 못하고 대기표라도 뽑아야 한다면 음식을 먹기도 전에 이미 그 집은 내게 맛집이 되었다. 제대로 된 맛집을 찾아왔다는 생각에 뿌듯했었다.

"여기가 맛집으로 그렇게 유명하대. 저기 줄 선 거 좀 봐."

내게 맛있는 곳보다는 남들이 맛있다고 말하는 곳. 노력과 정성을 들여야만 맛볼 수 있는 곳. 남의 이야기에 곧잘 휘둘리고, 아직 뚜렷한 주관을 갖지 못했던 20대 시절, 맛집은 그렇게 찾았다.

결혼 후 아내와 부모님 댁에 들렀을 때, 집 근처에 있던 오래된 식당을 보며 아내가 물었다.

"저기는 엄청 오래된 것 같네. 가봤어? 맛있나?"

닭칼국수를 파는 집이었다. 처음 이 동네로 이사 올 때부터 보이던 식당이었다.

"나 처음 여기 이사 왔을 때부터 있던 식당인데. 한 번도 가보질 않았네."

집 근처에 있다는 이유만으로 한 번도 가보지 않았었다. 노력과 정성을 들일 필요가 없다는 이유만으로 맛집일 거라 생각하지 못했었다. 내가 중학교에 다닐 때도 있었고, 결혼을 한 지금까지도 있는 곳. 30년도 더 한 자리를 지키며 닭칼국수를 파는 곳. 인터넷으로 닭칼국수 집을 찾아봤다. 검색 결과가 쏟아져 나왔다. 모두 한결같은 평가였다. 멀리서도 찾아온다는 맛집이었다.

동네에서 그 동네 주민을 상대로 오랜 시간을 버텨낸 곳이라면 맛집이 아닐 수 없다. 언제부터인가 인터넷에서 검색되는 맛집들보다 그런 곳들에 더 눈길이 갔다. 아내와 동네 길을 산책하다가 허름하고 오래된 식당이 보이면 누가 먼저랄 것도 없이 말한다.

"저기 한번 가보자."

별로여도, 혹은 우리의 입맛에 맞지 않아도 상관없다. 앞으로도 끼니는 셀 수 없이 많이 남았고, 끼니 한 번 실패한다고 인생에서 달라지는 건 없다.

인터넷에 제주 맛집을 검색하면 수백, 수천 개의 식당이 쏟아져 나온다. 제주에 맛집이 이렇게나 많다는 게 놀랍다. 그다지 믿음이 가지 않는다. 어차피 제주에 있는 기간은 두 달 뿐이고, 사 먹는 밥은 될 수 있는 한 줄이기로 했었다. 제주에 있는 동안 아내와 가볼 식당들은 따로 메모지에 적었다.

"아까 달리기 좋은 길 찾을 때 본 흑돼지집. 거기 사람 많더라고."

"오징어보쌈집 기억나지? 테이블 몇 개 없고 깔끔하던데."

"삼거리에 있던 파스타집도 한번 가보자. 점심 장사만 하는 거 보면 뭔가 있어 보여."

달릴 만한 길을 찾으면서 눈에 띄었던 곳 중 한 번쯤 가보고 싶은 식당들로 메모지를 채웠다. 인터넷에서 검색한 곳이 아닌, 우리가 직접 걸으며 발견한 동네의 식당들. 동네에서 동네 사람들을 상대로 장사를 하는 곳들이다. 맛집이면 좋겠지만, 아니어도 상관없다.

아내와 함께 아침마다 평범한 제주 동네의 길을 달리고, 골목길에 숨어 있는 동네 사람들의 식당을 찾는다. 달리는 길옆으로 멋진 풍경이 따라다니지 않아도 괜찮고, 맛집으로 이름난 유명한 식당이 아니어도 상관없다. 이 동네 사람들이 살아가고 있는 길을 달리고, 이 동네 사람들이 들르는 식당에 나의 한 끼니를 맡기는 것. 그것으로 충분하다. 이 동네 사람들과 두 달간 함께 어울려 살아갈 이곳을 아내와 함께 즐길 준비를 한다.

전엔
안 그랬는데

가파도로 가는 뱃시간은 11시였다. 배가 뜨는 데 문제가 없을 맑은 날을 정해 며칠 전 미리 예약해 두었다. 예약을 하자 안내 문자가 왔었다. 출발 한 시간 전까지 배가 뜨는 운진항으로 와서 발권을 하라는 내용이었다. 숙소에서 운진항까지는 한 시간 정도 걸리니 9시쯤 숙소에서 나가면 넉넉할 거라 생각했다.

그날따라 유독 내가 지나가려 할 때 신호가 바뀌었다. 몇 번이나 맨 앞자리에서 다음 신호를 기다렸다. 가는 길도 시원스럽지 않았다. 렌터카 번호판을 달고 있는 앞차는 주변이 익숙하지 않은 듯, 제한 속도에 훨씬 못 미치는 속도로 앞을 막았다. 그럴 때마다 내비게이션이 알려주는 도착 시간은 조금씩 늦어졌다.

도착 시간은 10시 10분을 넘어 10시 20분까지 길어져 있었다. 그때까지만 해도 마음이 급하지 않았다.

"10시 20분까지 발권을 못 하면 예약이 취소된다고 했었는데."

아내가 걱정이 되는 표정으로 말했다. 그랬던가. 안내 문자에 그런 내용이 있었던 거 같기도 하다. 그래도 취소라니. 이미 결제까지 한 배표인데 그렇게까지 할까 싶었다.

"그냥 형식적인 문자겠지. 평일에 가파도 가는 사람이 얼마나 된다고."

계속 불안했던지 아내가 여객사에 전화를 걸었다. 지금 가고는 있는데, 운진항에 도착하면 10시 20분이 조금 넘을 거 같다고 말했다. 전화기 밖으로 상황을 안내해 주시는 분의 목소리가 새어 나왔지만, 무슨 말인지 잘 들리지 않았다.

"배표를 사려고 줄을 선 사람들이 많대. 너무 늦으면 그 사람들에게 배표가 넘어간대. 그래서 예매한 표가 괜찮을지는 자신도 장담할 수가 없대."

전화를 끊은 아내의 목소리는 급했다. 그때 내비게이션이 알려주는 도착 시간은 10시 21분이었다.

"설마. 평일 가파도인데."

조금 불안한 마음이 들긴 했지만, 엑셀을 더 세게 밟지는 않았다.

도착지까지 아직 몇백 미터가 남았는데, 길 양쪽으로 주차된 차들이 가득했다. 주차요원들이 도착하는 차들을 갓길로 안내하고 있었다. 운진항의 주차장은 만차라는 표지판이 세워져 있었다.

"설마 이 차들 다 가파도 가는 거야?"

그제야 마음이 급해졌다. 안내하는 주차요원을 지나 운진항 입구까지 차를 몰았다.

"네가 먼저 내려서 표 끊을래? 난 주차하고 바로 따라갈게."

지갑에서 신분증을 꺼내 주며 아내를 먼저 보냈다. 운진항 주차장에서 한참이나 떨어진 갓길에 주차를 하고 매표하는 곳으로 달려갔다. 여객터미널 바깥까지 길게 늘어선 줄이 보였다. 아니 도대체 이게 무슨 일이야.

가파도는 제주살이할 때 자주 가던 곳이었다. 가파도를 가는 날은 언제나 주말이었다. 미리 계획하지도 않았었다. 주말 아침, 하늘이 맑고 바람이 유난하지 않아서 어디라도 가고 싶다는 생각이 드는 날, 가파도는 자주 찾던 몇 군데 중 하나였다. 가파도는 늘 그렇게 미리 정한 것 없이 찾아갔었다. 운진항의 주차장은 늘 한산했고, 배표를 사기 위해 줄을 서는 일도 없었다. 변수는 날씨 하나뿐이었다. 날씨만 심술부리지 않는다면, 그래서 배가 뜨기만 한다면, 가파도는 언제라도 마음만 먹으면 갈 수 있는 곳이었다. 그게 6년도 더 된 일이다.

길게 늘어선 줄을 지나면서 아내를 찾았다. 다행히 아내는 미리

예약한 표를 발권하는 창구 앞에 있었다. 내가 다가서자 발권을
마친 아내가 나를 반겼다. 이제야 안심한 듯한 표정을 지으며 배표
를 눈앞에서 흔들었다.

"이게 웬일이래. 전엔 안 그랬는데."

"가파도 인기 엄청 많네. 전엔 안 그랬는데."

전엔 안 그랬는데. 전엔 안 그랬는데. 다급했던 마음이 진정되자
전에 자주 찾던 가파도의 기억을 끄집어냈다. 그땐 그랬잖아. 그땐
이러지 않았지. '나 때는 말이야'를 자주 외치면 꼰대라던데.

"우리 이렇게 꼰대가 되는 건가 봐."

애월의 한담해변이 참 마음에 들었었다. 해변을 감싼 작은 마을
은 조용했고, 지나다니는 사람들이 거의 없는 곳이었다. 그 마을에
하나뿐인 카페가 바다와 접해 있었다. 우리 또래의 부부가 제주살
이를 시작하면서 차린 카페였다. 카페 안쪽으로는 그즈음 유행처
럼 늘기 시작한 게스트하우스가 있었다. 바리스타 자격증이 있는
아내가 카페를 맡고, 남편은 게스트하우스를 운영했다.

"여기가 전에 횟집이었거든요. 처음 보고 너무 마음에 들어서 여
기로 정했어요. 평화로운 마을이 참 좋아요."

우리 말고는 손님이 없어서 잠깐 대화를 나눌 수 있었다. 제주
에 살기로 마음먹은 후 1년 동안 제주 곳곳을 돌아다니다 정착한

곳이라 했다. 그 부부의 마음에 든 것처럼 우리도 그곳이 좋았다. 이따금씩 아내와 그곳을 찾았다.

제주를 떠나고 6년이 지나는 동안 그곳이 몇 번 방송에 나왔다. 소길댁이 된 이효리가 한담 산책로를 걷는 모습이 예능 프로에 나왔고, 그 카페를 배경으로 드라마가 만들어지기도 했다. 지드래곤이 그곳을 마음에 들어해 근처에 새로운 카페를 냈다고도 했다.

"사람들 보는 눈은 다 비슷한가 봐."

그 카페는 그렇게 몇 년이 지나면서 꽤 유명한 곳이 되었다.

아직 애월은 안 갔으니 애월 쪽을 가보자며 근처의 떡볶이집을 찾았다. 지도에서 찾아보니 한담해변 근처였다. 간 김에 그 카페도 잘 있나 한 번 보고, 한담 산책로도 걸을 겸 애월로 향했다.

마을 안쪽의 좁은 길로 들어가겠다며 우측 깜빡이를 켜고 있는 차들이 줄 서 있었다. 좁은 길 양옆으로 산뜻하게 차려입은 사람들이 유명 관광지를 걷듯 골목을 걸었다. 길은 일방통행로가 되었고, 유료 주차장은 차들로 꽉 차 있었다. 마을의 유일했던 그 카페는 게스트하우스를 헐어 카페 자리를 늘렸고, 그 주변으로 수많은 카페와 음식점들이 생겨 있었다. 한적하던 마을 길은 애월 카페거리라는 이름으로 바뀌어 있었다.

"제주 놀러 온 젊은 사람들이 여기 다 있었네."

"지드래곤이 한다는 카페가 저긴가 봐."

카페가 단 하나뿐이던 조용한 마을이 제주에서 가장 핫한 곳 중 하나가 되었다는 게 신기했다. 마을은 카페에서 틀어놓은 음악들로, 지나가는 사람들의 들뜬 목소리로 가득했다. 그 소란스러움에 우리의 목소리도 보탰다.

"전엔 안 그랬는데."

아내와 자주 찾던 대평리 바닷가의 해물라면집이 있다. 그 집에서 함께 파는 파전을 좋아했다. 바다를 향해 난 큰 창으로 대평리 해변을 바라보며 해물파전에 막걸리를 종종 먹곤 했다. 그 집의 주인아저씨는 늘 밝았다. 우리에게 먼저 말을 걸고 가끔 찾아오는 손님들에게도 웃음으로 대했다. 그 식당이 방송에 소개되면서 유명세를 탔다. 방송 이후 그 식당 앞 길가엔 차들이 길게 주차되어 있었고, 식당 앞에는 차례를 기다리는 사람들이 생겼다.

주인아저씨는 더 이상 우리에게 말을 걸지 않았다. 더 이상 웃지 않았다. 몹시 바쁘고 지친 표정으로 밀려드는 손님을 맞았다. 유명한 식당이 되고, 찾아오는 손님도 많아져 벌이는 전보다 훨씬 좋아졌을 텐데, 주인아저씨는 예전처럼 행복해 보이지 않았다.

"아저씨 너무 지쳐 보인다."

사람이 많아져 가기를 꺼리다 오랜만에 그 식당을 찾아갔던 적이 있다. 그 주인아저씨가 보이지 않았다. 물어보니 식당을 지금의 주인에게 넘기고 동네를 떠났다고 했다. 그 이야기를 듣고 우리도 더 이상 그 식당을 찾지 않았다.

그 해물파전집 아저씨는 지금 어디에서 어떤 일을 하며 살고 있을까. 식당을 다른 사람에게 넘기고 다시 전의 밝은 모습을 찾았을까. 1년을 제주 곳곳을 돌아다니다 평화로운 마을에 정착하고, 작은 카페를 차린 그 부부는 어떨까. 의도와 달리 제주의 가장 핫한 곳, 시끌시끌한 마을에서 살게 된 우리 또래의 그 부부는 지금 행복할까.

가파도에도 전에 없던 많은 식당이 생겼다. 식당마다 사람들이 가득했다. 손님이 우리밖에 없던 식당에서 해산물에 막걸리를 먹던 기억이 낯설게 느껴졌다. 수많은 관광객들이 매일 동네를 지나다니는 지금, 조용한 동네에 살던 가파도의 사람들은 어떨까. 낮은 담 너머로 자기 집 마당을 들여다보는 수많은 사람들을 보며 어떤 생각을 할까. 가파도를 걸으며 아내와 나눈 이야기는 청보리가 바람에 파도처럼 출렁이는 지금의 가파도가 아닌, 과거의 이야기였다. 나이를 먹는다는 건 이렇게 옛날 사람이 되는 건지도 모른다.

"전엔 안 그랬는데."

단독주택에서
산다는 건

아침부터 아내는 신이 나 보였다. 부엌과 침실이 전부인 공간을 큰 걸음으로 돌아다닌다. 90도로 접은 팔을 어깨높이까지 올리고, 한 걸음 옮길 때마다 크게 휘젓는다. 좁은 데도 거침이 없다. 마침 라디오에서 익숙한 노래가 나온다. 저 기분에 노래를 그냥 흘려보낼 리가 없다.

"신도림역 안에서 스트립쇼를~"

노래를 부르는 목소리에 힘이 실렸다. 배가 불러서 기분이 좋을 때나 하는 행동이다. 아침밥을 먹고 난 후라면 모를까, 아직 아침을 먹지도 않았다. 왜 저럴까.

제자리에서 뜀을 뛰기 시작한다. 잔뜩 웅크렸다가 팔다리를 쭉 피면서 뛰어오르지만, 큰 준비 동작에 비해 높이 뛰지는 못한다. 뛰어오른 머리 위로 천장이 높다. 휘젓고 다니기엔 좁지만 뛰어오를 높이만큼은 충분하다. 쿵쿵거리는 걸음으로 돌아다니고, 목에 힘을 실어 노래를 부르고, 천장을 향해 몇 번을 뛴 아내의 숨이 가쁘다. 소란함이 진정되었다. 여운이 남는지 아직 표정이 밝은 아내에게 묻는다.

"뭔가 기분 좋은 일이 있나?"

아내는 기다렸다는 듯이 말한다.

"아니 그게 아니라. 여긴 단독주택이잖아. 이렇게 뛰어도 뭐라 할 아랫집이 없어."

내가 단독주택을 즐기는 건 밤이다. 슬리퍼를 대충 신고 문 하나만 열면 마당이 나온다. 골목을 비추는 가로등이 있긴 하지만 별빛을 가릴 만큼 유난하지 않다. 그 작은 공간에서 그날의 별을 본다. 머리 위 밤하늘의 한가운데에 북두칠성이 보인다. 고개를 한껏 젖히고 올려다보아야 한다. 일곱 개의 별이 선명하다. 서양인들은 북두칠성을 큰 곰의 꼬리로 보았다. 그 자체로 돋보이는 일곱 개의 별을 큰 곰의 꼬리로 여기다니. 옛 서양인들의 안목이 의심스럽다.

"북극성 찾았어?"

북두칠성 다음으로 북극성을 찾는다. 국자 머리 부분의 알파 별과 베타 별을 잇고, 그 선을 따라가 보면 북극성을 만날 수 있다.

"응, 찾았다."

이제는 아내도 쉽게 북극성을 찾아낸다.

봄철의 별자리는 다른 계절에 비해 심심하다. 북두칠성에서 북극성까지 긋기 시작한 선을 더 이어 나가다 보면 W 모양의 카시오페이아가 있다. 하지만 봄철에는 카시오페이아를 보기 힘들다. 북두칠성의 손잡이 부분을 따라 남쪽 하늘로 내려가면 유독 밝은 두 개의 별과 만나면서 커다란 곡선이 그려진다. 봄의 대곡선이라고 부른다. 조금 억지스럽기는 하다. 대부분의 별자리가 그런 것처럼 곡선을 느끼려면 상상력이 필요하다.

밤하늘이 가장 재미있는 건 여름철이다. 여름의 밤하늘에서는 남쪽으로 흐르는 은하수를 따라 날고 있는 백조를 볼 수 있다.

별이 잘 보이는 곳은 일단 무섭다. 깜깜한 밤이어야 하고 주변에 빛이 없어야 한다. 혼자서 별을 보러 간다는 건 엄두도 못 낼 일이다.

"별 보러 갈래요?"

연애 전, 제주에 살던 당시에 아직 직장 동료이던 아내에게 연락했다.

"와! 별! 가요. 가요."

아내는 리액션이 좋다. 그즈음 아내가 나에게 좋은 감정을 보이던 차라 당연히 함께 가 줄 거라 생각했다. 아내를 차에 태우고 천백고지 휴게소로 향했다. 밤 10시. 천백고지 휴게소는 별이 쏟아지기에 충분히 무서웠다.

주차장은 우리뿐이었고, 주변의 밝은 것이라고는 밤하늘의 별빛뿐이었다. 여름이어도 1,100m 높이의 휴게소는 조금 쌀쌀했다. 아직 열기가 남아있는 자동차 보닛 위에 담요를 깔았다.

"여기 누워 보세요. 목도 안 아프고 따뜻할 거예요."

그날 아내에게 은하수로 향하는 백조자리를 알려주었다. 백조의 머리 부분 양옆에서 빛나는 견우성과 직녀성도 찾아주었다.

"백조의 꼬리별과 견우성, 직녀성을 연결하면 여름의 대삼각형이 그려져요. 보이나요?"

손가락으로 별들을 가리키며 삼각형을 그었다.

"와! 삼각형! 견우! 직녀!"

별을 보며 즐거워하는 아내를 보는 게 좋았다.

그날 남쪽으로 흐르는 은하수가 보였던가. 디오니소스의 사랑 이야기가 있는 왕관자리도 알려주었던가. 자동차의 보닛은 금방 식었을 텐데 춥지는 않았던가. 아무도 없는 깜깜한 밤에 무서움을 누그러뜨리기 위해 핸드폰 음악이라도 틀었던가.

세세한 것까지 잘 기억나지는 않는다. 어느덧 10년 전의 일이 되어버렸다. 지금 또렷한 건 별빛 외에는 둘 뿐이던 그곳, 자동차의 보닛, 백조자리를 가리키며 나누던 대화, 아내의 리액션, 그리고 그

별들을 신기한 듯 바라보던 아내의 눈빛뿐이다.

요 며칠 날씨가 꽤나 맑았는데, 오늘은 아침부터 빗줄기가 거세다. 하루 종일 비가 올 거라는 뉴스에 창밖이 보이는 식탁에 앉아 각자 하고 싶은 일을 한다. 빗방울이 양철 지붕을 때리는 소리가 방 안으로 고스란히 전해진다. 후드득 요란한 소리가 스피커에서 나오는 음악을 덮는다.

"빗소리 참 좋다."

아내는 차 안에서 듣는 빗소리를 좋아한다. 비가 오는 날 신호에 걸려 차를 멈춰 세우면, 하던 이야기를 잠시 접고 차 지붕을 두드리는 빗소리에 귀를 기울인다. 간혹 갓길에 차를 세우고 시동을 끈 채 빗소리를 듣기도 한다. 앞 유리창으로 빗물이 흘러내려 창밖의 모습이 흐릿하다.

"충분히 들으면 얘기해."

"응. 조금만 더 들을게."

아내가 좋아하는 시간을 갖도록 내버려 둔다. 나는 나대로 이런저런 생각을 하고, 아내는 빗소리를 들으며 흐릿한 창밖을 즐긴다.

양철 지붕에서 들리는 빗소리는 차에서 듣는 것보다 더 깊고, 더 크고, 더 요란하다. 내 손끝을 따라 별을 보던 아내처럼, 요란한 빗소리를 아내를 따라 들어본다. 이 소리가 그렇게 좋을까. '그냥 빗방울이 양철 지붕을 때리는 소리일 뿐인데'라는 말은 접어둔다. 몇 년 뒤, 내가 별을 바라보던 아내의 눈빛을 기억하는 것처럼, 아내를 따라 빗소리를 듣는 내 표정을 추억할지도 모른다.

단독주택에서 산다는 건 불편함을 감수해야 하는 일이다. 낮은 담 너머로 집 안을 기웃거리던 여행객이 집을 배경으로 사진을 찍으려 할 때, 우리가 함께 찍힐까 봐 부엌으로 숨기도 했다. 현관문을 열고 닫을 때마다 방 안으로 날벌레가 들어오고, 어느 날은 욕실에서 바퀴벌레가 나와 아내가 소리를 지르기도 했다. 바람이 심하게 불던 날, 이러다 지붕이 날아가는 건 아닌지 불안해하기도 했다.

불편함을 감수해낸 대가로 기대했던 로망도 얻었다. 스피커의 볼륨을 마음껏 올리고, 신이 나면 방방 뛰기도 했다. 마당에 가득한 햇볕은 따스했고, 텃밭의 이름 모를 꽃이 그 햇볕을 잔뜩 품고 자기 색깔을 뽐냈다. 그 모습을 마당 한쪽 나무 의자에 앉아 한참을 지켜보기도 했다. 길고양이가 낮은 담을 넘어와 창을 통해 우리를 지켜보는 걸 발견하고 아내와 흥분하기도 했다.

"저기! 고양이! 고양이!"

기대하지 않았던 것도 곳곳에 있었다. 담 하나를 사이에 둔 이웃집에 동네 아주머니들이 모이고, 터지는 웃음소리와 함께 알아듣기 힘든 제주 사투리로 동네를 채우는 소리를 들을 때마다 '어떤 이야기들을 하시길래 그리 즐거우신가요'의 제주 사투리를 알지 못해 끼어들고 싶은 걸 참아야 했다. 아내는 까치가 나뭇가지를 하나씩 모아 창밖의 전봇대 위에 며칠이고 집을 짓는 걸 보면서 "저거 곧 헐릴 텐데" 하며 안타까워하기도 했다.

　내가 밤이면 별이 보이는 마당을 나가고, 비가 올 때마다 양철 지붕의 소리를 아내가 즐길 거라고는 단독주택에 살아보기 전에는 미처 알지 못했다. 또 어떤 것들을 찾게 될까. 불편함을 감수하면서 각자가 좋아하는 방법으로 제주의 단독주택을 즐긴다.

길은 어떻게든
이어진다

"동네 개들한테 인사하러 가야지."

이른 저녁을 먹고 난 해거름이면 아내와 동네 산책에 나선다. 골목을 돌아 회색 대문 집에는 백구가 살고 있고, 그 집에서 왼쪽으로 네 번째 집에는 누렁이가 집을 지키고 있다. 지나가며 인사를 하는데 반응이 시큰둥하다. 불과 며칠 전까지만 해도 발소리를 살살 숨겨서 걸어도 멀찍이부터 알아차리고는 맹렬하게 짖으며 우리를 반겼었는데, 오늘은 누워 있던 자리에서 힐끗 눈길만 준다. '아. 쟤네 또 왔네' 하는 표정이다. 조금 섭섭하다. 이제 우리에게는 관심이 없다는 건가. 손도 흔들어 보고 불러도 보지만 그나마 주던 눈길마저 거둔다. 차가운 녀석이다. 한편으로는 이 녀석이 이제 우리를 동네 주민으로 인정하는 건지도 모른다는 생각을 한다. 이 동네에서 우리를 알아봐 주는 친구가 생겼다.

산책길 코스는 매일 다르다. 걷다가 갈림길이 나오면 가보지 않은 낯선 길을 택하고, 그렇게 걷다 보면 어제 걸었던 길을 만나기도 한다.

"이 길이 이렇게 이어지는구나."

걷다가 보이는 풍경들에 충분히 시간을 내어준다. 급할 일은 없다. 전깃줄에 앉은 새 한 마리를 보고 멈춰 선다. 오늘은 제비다. 가위 모양으로 갈라진 꽁지깃이 멋스럽다. 지저귀는 소리에 귀를 기울여보지만 지지배배로 들리지는 않는다. 저 혼자 울 만큼 울고, 하늘로 날아오르고서야 다시 걸음을 옮긴다.

길고양이도 급할 것 없는 발길을 잡는다. 우리가 바라보면 길고양이도 가던 길을 멈추고 아내와 나를 노려본다. 눈싸움이 시작된다. 길고양이와의 눈싸움은 늘 우리가 이긴다. 이렇게나 느긋하고 여유만만한 강적은 처음 만났을지도 모른다. 길고양이가 눈길을 거두고 자기 갈 길을 간다. 아내와 나도 다음 발걸음을 뗀다.

회사를 다니는 동안은 주변을 둘러보지 않았다. 앞만 바라보며 달렸다. 모든 사람들이 달리고 있으니 나도 따라 달려야 했다. 그들이 왜 달리는지, 나는 왜 그들을 뒤쫓는지 알려고 하지 않았다. 먼저 지나간 사람의 발자국을 보면 그저 안심이 됐다. 잘 따라가고 있구나. 잘 살고 있구나. 앞사람이 먼저 간 길이 내가 아는 유일한 길이었다. 미리 정해진 그 길을 쉼 없이 달리는 것이 삶이겠거니 생각했다.

익숙했던 길이 언젠가부터 가시밭길처럼 느껴졌다. 원래부터 험한 길이었는데 이제야 깨달은 건지, 숨이 차고 지쳐 무거워진 다리가 익숙한 길을 가시밭길로 여기는 건지. 무엇이 되었건 앞에 펼쳐진 길은 더 이상 전에 걷던 길로 보이지 않았다. 가시에 찔린, 쉽게 아물지 않는 상처가 하나둘 생기기 시작했다. 한 걸음 한 걸음 옮기는 게 버거웠다. 나를 향해 있는 날이 선 수많은 가시를 보는 게 두려웠다. 나만 그렇게 느끼는 건가 싶어서 고개를 돌려봤지만, 옆에서 달리던 사람들은 이미 저 멀리 앞에 있었다. 따라가려는 발걸음이 떨어지지 않았다. 하지만 지금 서 있는 길 말고는 다른 길을 알지 못했다. 가시밭길이든, 그보다 더 고된 길이든 아는 건 그 길뿐이었고, 계속 나아가야 했다. 잘 살고 있다는 증표로 여기던 앞선 사람의 발자국이 잔뜩 쌓인 숙제로 느껴졌다. 나도 앞으로 그만큼이나 수많은 발자국을 찍어야 한다는 게 무서웠다. 몇 걸음 옮기다가 다시 주저앉는 날들이 많아졌다.

그즈음 아내를 만났고, 아내는 주저앉아 있던 내게 손을 내밀었다. 아내는 잠시 멈추어도 된다고 했다. 길이 하나뿐인 건 아니라고 했다. 인생을 살아가는 데에는 수많은 길이 있으니 어느 길을 택하든 상관이 없다고 했다. 선택한 길에서 반겨주는 동네 개들한테 인사도 하고, 길고양이와 눈싸움도 하면서 천천히 걸으면 된다고 했다. 그렇게 남들보다 조금은 늦어진다고 하더라도 언제나 내 옆에서 함께 걷겠다고 했다. 언젠가 시간이 많이 지나 우리가 함께 걸었던 길을 돌아본다면 아마도 이렇게 이야기할 거라고 했다.

"이 길이 이렇게 이어졌었구나."

은퇴를 하기 전, 우리가 풀어놓았던 은퇴 계획을 귀담아듣는 사람은 드물었다.

"은퇴? 야, 나도 하고 싶다."

사람들은 이루어질 리는 없지만, 누구나 가슴에 품고 있는 어떤 막연한 꿈을 보듯 우리의 은퇴를 대했다. 꿈을 현실에 대입하려 하지 않았다. 그들은 아내와 내가 은퇴를 하고 나서야 우리의 이야기에 관심을 보였다.

그들의 궁금증에 답을 하는 건 주로 아내다. 처음엔 나도 몇 마디 보탰지만, 이제는 아내가 풀어놓는 은퇴 이야기를 옆에서 듣기만 한다. 이미 몇 번이나 들었는데도 매번 아내가 펼쳐내는 은퇴 이야기에 빠져든다. 세계 여행이라는 키워드가 아내를 흔들면서 시작된 아내의 은퇴는 희망에 바탕을 두었다. 준비 과정도, 그 과정에서 수없이 부딪혔던 난관에도 아내는 희망을 펼쳤다.

이야기하는 내내 아내의 표정은 밝다. 불확실한 미래의 걱정보다는 지금 현재의 희망을 이야기한다. 듣는 사람들도 아내의 밝은 표정이 주는 지금의 행복을 먼저 느낀다. 자신과 가까운 이야기는 아니지만, 그래도 인생을 다시 산다면 아홉 번째 인생 즈음엔 나도 이렇게 해 볼까 하는 이야기 정도로는 여겨 준다.

도피로 시작된 나의 은퇴 이야기는 재미가 없다. 그때 내가 얼마나 힘들었냐면 말이야. 노력을 쏟아부어도 나아지는 게 보이지 않던 좌절감이 어땠냐면 말이야. 하는 일 없이 자리만 차지하고 있는 것처럼 보이는 게 아닐까 하는 불안함이 어땠냐면 말이야. 힘들었던 구구절절한 이야기는 즐겁지 않다.

사람들에게 들려주는 아내의 은퇴 이야기는 재미있다. 이루어놓은 것들을 놓아버리고 스스로 원하는 두 번째 삶을 선택한 이야기이다. 우리가 어떻게 준비를 했냐면 말이야. 회사를 버리면서까지 하고 싶었던 게 뭐였냐면 말이야. 앞으로 우리가 어떻게 살아갈 거냐면 말이야. 과거에 포기한 것들보다 앞으로의 미래를 이야기한다. 옆에서 아내의 이야기를 듣다 보면 나조차 우리가 살아갈 앞으로의 날들이 궁금해진다. 남들보다 조금은 느려도 괜찮다. 아내가 바라보던 희망을 이제야 내게도 입힌다.

Epilogue

은퇴 이후 두 번째 맞는 겨울, 우리는 다시 제주를 찾았다. 결혼 전 아내와 내가 그림을 배웠던 인연으로 지금까지도 연락을 이어오는 작가님의 12번째 개인전을 보기 위함이었다. 작가님의 그림을 몇 년 동안 접하면서 그분의 작품을 하나 꼭 갖고 싶다는 생각을 해왔었는데, 이번 기회에 전시되는 작품 중 가장 마음에 드는 그림 하나를 사서 들고 오자는 마음도 먹었다.

갤러리의 하얀 벽을 따라 그림들이 차분히 걸려 있었다. 예전의 다른 전시회에서와는 달리 그날따라 유독 그림 하단에 새겨진 서명이 눈에 띄었다. 자신의 이름을 걸고 작품을 내놓는다는 건 어떤 느낌일까. 난 내 이름의 책을 남들 앞에 떳떳이 내세울 수 있을까. 그러다 한발 물러나서 아내와 작가님을 바라보았다.

얼마 전 『마흔, 부부가 함께 은퇴합니다』라는 책을 세상에 내놓은 아내. 그리고 지금 〈선 - 이중성〉이라는 타이틀로 개인전을 열고 있는 작가님. 아내가 쓴 책 이야기와 작가님이 그린 작품 이야기를 서로 나누는, 세상 앞에 이름을 내건 둘의 당당함이 새삼 멋져 보였다. 가슴이 두근거렸다.

나의 책 출간을 자신의 일처럼 기뻐하시며 책이 나오면 바로 사서 읽겠다는 그분의 말이 기뻤다. 그 말이 이렇게나 듣기 좋을 줄 몰랐다. 늘 그분의 작품을 갖고 싶었다는 마음을 전하는 건 전혀 조심스러워할 일이 아니었다. 즐거운 마음으로 아내와 나의 마음에 쏙 드는 그림을 골랐다.

은퇴 전에는 서로의 지친 회사 이야기를 피했었다. 집에서까지 일 이야기를 하고 싶지 않았다. 가벼운 예능 프로에 맥주 한잔을 마시며 힘들고 고단했던 일을 잊고 싶었다. 은퇴 후, 아내가 먼저 책을 내고, 내 책의 출간이 결정되면서 매일 밤마다 우리는 서로의 책 이야기를 나누었다. 애써 피했던 일 이야기와는 달랐다. 나는 아내의 책에서 담담하게 은퇴를 고민하고 준비하는 이야기가 좋았고, 아내는 내 글에서 우리가 그렇게나 힘들어했으면서도 서로를 놓지 않았던 연애 시절의 이야기를 좋아했다. 아내와 함께 서로의 책 이야기를 나눈다는 건 기쁨이고 행복이었다. 그런 기회를 주신 출판사 분들에게 깊은 감사를 드린다.

가장 큰 고마움을 전하고 싶은 이는 단연 아내이다. 아내가 있어서 책이 나올 수 있었다. 괜히 하는 말은 아니다. 쓰다 보니 책 대부분의 내용을 아내가 차지했다. 책에 언급된 소중한 가족들, 늘 멋이 넘치는 형수님, 하나뿐인 귀여운 조카에게도 감사의 마음을 전한다. 그분들이 있어서 지금의 내가 있다는 걸 단 한 번도 잊은 적이 없다.

2021년 12월
제주에서 민현